消えた姫君

身代わり若殿　葉月定光6

佐々木裕一

角川文庫
22342

目次

序章

この男、雑賀《さいか》の孫一《まごいち》を和歌山《わかやま》の地で捕らえたのは、海辺の畑に菜の花が咲きはじめた頃のことだ。

日に焼けた顔には髭《ひげ》をたくわえ、伸びたちぢれ髪の奥にある鋭い眼差《まなざ》しは、まるで、血に飢えた獣《けだもの》。

後ろ手に縛られた腕の隆々たる筋肉は、縛っている縄を今にも押し切ってしまいそうだ。

それを見た町奉行所の役人が、もう一かけ縄を打ち、きつく縛り上げた。

海賊行為を繰り返す孫一によって散々苦しめられた伊藤重正《いとうしげまさ》は、紀州藩《きしゅうはん》の船手方《ふなてがた》組頭として奴を探し回り、時には剣を交えたが、ついに、捕らえることはできなかった。その苦闘を知る町奉行のはからいで裁きの場に列席を許された伊藤は、口惜《くや》しさと忸怩《じくじ》たる思いで、孫一の横顔を見ていた。

白洲《しらす》に正座させられている孫一が、こちらを見て目が合った。そらさず見合っていると、孫一は片笑む。

開き直った余裕の顔に、伊藤は黙っていられなくなった。

「船上の戦いは無双だと申して得意げにしておったが、女に乗って奮闘《ふんとう》しておる時に町方に捕らえられるとは、間抜けな奴よ。鬼だの船乗りを恐れさせた貴様も、陸《おか》ではただの男であったか」

伊藤と並んで座していた配下から嘲笑《ちょうしょう》の声があがると、孫一はその者たちに向き、そして伊藤を見ると、不敵な面持ちをする。

「なんだその顔は！」

どうにも腹が立ち怒鳴った伊藤は、床几《しょうぎ》から立って駆け寄り、孫一を蹴《け》り倒した。

孫一は愉快そうに笑っている。

伊藤は怒りのあまり、歯をむき出しにした。

「おのれ、命乞《ご》いのひとつでもするのならまだしも、この期に及んで愚弄《ぐろう》するとは許せぬ！」

「お静まりなさい！　町奉行様のお出ましでござる！」

同心の声に応じた伊藤は、もう一度孫一を蹴り、床几に戻った。

小者《こもの》に助け起こされた孫一は、正面に向かって正座する。

程なく現れた町奉行が中央に座し、厳しい顔で裁きをはじめた。

まずは与力《よりき》が罪状を読み上げる。

その内容は、海上を行き交う弁才船《べんざいせん》襲撃に関わる悪事。

直近では、紀州沖を航行していた大坂《おおざか》から江戸に向かう商家の船を襲ったもの。

船乗りのみならず、乗客たちをも襲った行為は残虐かつ悪質で、耳を塞《ふさ》ぎたくなるものだった。

また、取り締まりをする藩士、特に伊藤の配下には多くの犠牲者が出ており、与力の声を聞いている船手方の者たちは、憎しみを込めた眼差しを孫一に向け、中には、悔し涙を流す者もいた。

彼らの姿を見ても、孫一がいかに凶悪かつ、非道な海賊であったかがうかがえる。それだけに、海ではなく、町中で女といたところをあっさり町奉行所に捕まったことで、配下や同輩たちの仇《かたき》を取れなかった船手方の無念は、想像に容易《たやす》い。

与力の声を聞きながら、船手方の顔色を見ていた奉行は、終わると正面を向き、罪人を見据えた。

「雑賀の孫一を名乗るは、戦国の世の鈴木《すずき》孫一にでもなったつもりか。それとも子孫か」

「戦国武将のことなど知るものか。おれ様はおれ様だ」

孫一はそう返し、不敵な笑みを浮かべた。

奉行は怒気を浮かべ、

「海で数多《あまた》の荷船を襲い、数多の罪なき者たちの命を奪いしこと、酌量の余地なし。よって、即刻打ち首を申しつくる。見せしめのため、そして貴様のせいで海に散った者たちの御霊《みたま》を鎮めるために、加太《かだ》の浜で処刑をおこなうものとする。ひったてい！」

厳しい口調で沙汰《さた》をくだした。

孫一が連れて行かれると、奉行は伊藤に顔を向けた。

「命を落とされた配下のご無念を晴らされるがよい」

思いもしなかったことに、伊藤は勇んだ面持ちを向ける。

「それがしに、奴めの首を打たせていただけますのか」

「煮るなり焼くなり、思いのままにされるがよろしい」

海に散った配下たちの無念を晴らせる。

そう思った伊藤は落涙し、奉行の配慮に感謝した。

孫一は、縄を打たれた上に、足の自由も奪われて唐丸籠《とうまるかご》に押し込められた。

騎乗の町奉行所与力を先頭に、同心、小者、そして伊藤と配下を含めた総勢三十名が警固し、刑場となる加太の浜への護送がはじまった。

和歌山城下では、大悪人の海賊に向かって石を投げる者がいたが、大きな騒ぎになることもなく、行列は粛々と進んでいく。

町を抜け、田畑のあいだの道を歩く行列は、山道に入った。山間《やまあい》の道を抜ければ加太の村だ。

警固の者たちは、左右の山に警戒の目を向けて歩いている。

程なく視界が開けて田畑が見えた時、警固をする者たちは緊張が解け、肩の力を抜いた。

伊藤の配下が、駕籠《かご》の中で大人しくしている孫一に歩み寄る。

「もうすぐ貴様は地獄行きだ。組頭が送ってくださる」

すると孫一は伊藤の配下に顔を向け、にたりと笑った。

「地獄へ落ちた時は、閻魔《えんま》を殺し、鬼どもを従わせてやるさ」

「おのれ、憎まれ口をたたくか」

「ああ、ひとつ言い忘れていた。どうせ地獄に行くにしても、そいつは今じゃねぇ」

「何をぬかし……」

しゃべる配下の頭から矢が突き出、駕籠に倒れかかって道に崩れ落ちた。

伊藤が咄嗟《とっさ》に叫ぶ。

「襲撃だ！」

騒然となる行列。

与力が周囲を見回し、田んぼのほとりの小屋の陰に弓手を見つけた途端に、その者は逃げた。

「いたぞ！　追え！」

馬の鞭《むち》を振るって場所を示し、応じた同心と小者が追って走る。

「先を急ぐぞ」

与力が命じ、行列は刑場となる浜への道を走りはじめる。

伊藤は駕籠から離れず、あたりを警戒した。

田畑のあいだの道を急ぐ行列の前に、二軒の農家が見えてきた。

そこへ差しかかる行列の前に、右側の農家から一人の男が出てくると、右手を頭上で振りはじめた。

男の頭上で黒い玉が回転しているのにいち早く気付いた伊藤が、目を見張って叫ぶ。

「止まれ！　焙烙玉《ほうろくだま》だ！」

だが時すでに遅く、焙烙玉が飛んでくるやいなや炸裂《さくれつ》し、警固をしていた同心や小者たちが爆風で飛ばされた。

音に驚いて前足を上げる馬から落ちた与力は、家の陰から走り出てきた曲者《くせもの》に手《て》槍《やり》で胸を突かれ、あえなく倒された。

伊藤は刀を抜き、襲ってきた曲者を斬り倒し、駕籠のそばにいる配下たちに叫ぶ。

「孫一を奪われてはならぬ！　殺せ！」

応じた一人が、駕籠の中にいる孫一を刀で突き殺そうとしたが、背後で焙烙玉が爆発して吹き飛ばされ、駕籠に張り付いた。

息もできぬ様子で目を見開いているその者のおかげで、孫一は爆風を免れた。

「お、おのれ」

血と共に無念を吐いた配下が、震える手で孫一を突き殺そうとしたが息絶え、駕籠の下に崩れ落ちた。

伊藤は斬りかかってきた者を倒し、駕籠に走った。

「孫一、覚悟！」

叫んで刀を振り上げた目の前で焙烙玉が炸裂し、飛ばされた。

耳鳴りがして、起きようとしても景色が回り、自分がどうなっているのかも分からない。それでも叫んだ。

「逃がすな。斬れ！」

配下が応じて駕籠に迫るのが見えた。駕籠ごと斬殺《ざんさつ》しようとしたその配下の胸から、銛《もり》の穂先が突き出たのはその時だ。

孫一の手下が投げた銛だった。

配下は刀を落とし、胸を押さえて倒れた。

その目の前に、駕籠から出された孫一が立ち、見くだしている。

孫一は、横に来た腹心の手下から刀を受け取ると、

「言っただろう。まだ地獄には行かぬ」

悔しげに見ている伊藤に顔を向け、哀れみを浮かべた。

「伊藤、酷《ひど》い面だな。血だらけじゃないか。お前はそこで苦しみながら死ね。だが配下は可哀そうだから、楽に死なせてやる」

「や、やめ……」

伊藤は叫ぼうとしたが、血泡を吹いた。

愉快げな顔で見ていた孫一は、目の前で、配下の首を突いた。

息絶えるのを無情の面持ちで見ていた孫一は、刀を抜いて手下に投げ渡し、伊藤を見た。

「ふん、死におったか。おいお前ら、しばらく東国で身を隠すぞ」

集まってきた手下どもにそう告げた孫一は、伊藤を見もせず、足早に去っていった。

伊藤は、血だらけの顔を空に向け、薄く目を開けた。頭をもたげ、逃げていく孫一とその一味を見た。

「に、逃がさぬぞ」

声を絞り出し、誰かに知らせるべく歯を食いしばって這《は》おうとするが、力尽き、草に顔をうずめて動かなくなった。

第一話　また一難

一

村上虎丸《むらかみとらまる》が、亡き若殿、葉月定光《はづきさだみつ》の身代わりを疑われて以来、家老の竹内与左衛門《たけうちよざえもん》は五色《ごしき》四郎政頼《しろうまさより》に対する警戒を怠らず、配下の六左《ろくざ》に動きを探らせていた。

そのようなことが続いていたこの日、寝所にいる虎丸は、鶯《うぐいす》の声を耳にしながら朝餉《あさげ》を摂《と》っている。尾道《おのみち》で世話になっていた亀婆《かめばあ》の家でよく食べていたでびら（鰈《かれい》の干物）を頭に浮かべながら、海苔《のり》の佃煮《つくだに》で飯を食べていたのだが、廊下で足音がしたので箸《はし》を止め、そちらに顔を向けた。

障子が開けはなたれた廊下からやってきた用人の坂田五郎兵衛《さかたごろべえ》が、せっかくの鶯の声を打ち消す。

「若殿、おはようございます」

「おはよう」

五郎兵衛は寝所に入り、虎丸と向き合って座るや、膳《ぜん》の様子をうかがう。

「おお、今朝も食がすすんでおられますな。何より何より」

毒のことは解決ずみだが、五郎兵衛は、こうして体調を確かめるのが日課になっている。

そして、次に言うことは決まっている。

「五色四郎めは、昨日も柳沢《やなぎさわ》様（大老格《たいろうかく》柳沢吉保《よしやす》）の屋敷へ足を運んだそうですが、門前払いをされましたぞ。これで五度目。まったくもってあの執念には、困ったものです」

五郎兵衛は、四郎を探っている六左からの報告で、虎丸が身代わりだという訴えをあきらめぬことに当初は落ち着かぬ様子だった。だが、どうやら相手にされておらぬようだ、という色が濃くなった今は、不安よりも、呆《あき》れの気持ちが強いようだ。

さらに四郎は、柳沢が当てにならぬと分かってからは、大目付、目付などにも働きかけたものの、公儀が動く様子は微塵《みじん》もない。

なぜなら柳沢が、四郎の人柄をきらい、

「五色四郎の訴えには応ずべからず」

というお触れを出しているからだった。

これは、虎丸に対する柳沢なりの考えがあってのことだが、虎丸たちにはその秘めたる思いを知るよしもない。すっかり安心している五郎兵衛の前で食事を続けた虎丸の目下《もっか》の憂えは、今日という日のことだった。

四郎を罵《ののし》る五郎兵衛の話をほぼ聞いていない虎丸は、箸を置いて、ため息をつく。

五郎兵衛が口を閉じ、心配そうな顔をした。

「若殿、気分がお悪いのですか」

「ほんまに、今日行かにゃぁいけんのかのぅ」

「芸州《げいしゅう》弁はなりませぬぞ」

言われて顔を上げると、五郎兵衛が首を横に振る。

虎丸は苦笑いした。

「すまぬ。気が重くてつい出てしまった。今日は、仮病を使うか」

「そのことは、昨夜《ゆうべ》もじっくり話したはず。剣術稽古《けいこ》の誘いを断れば、また筑前守《ちくぜんのかみ》様から疑いをかけられる恐れがあります。そうならぬために、なんとしても行かねばなりませぬぞ」

「だよな」

虎丸は観念し、またため息をつく。

「さ、もっと召し上がってください。稽古は腹が減りますぞ」

「分かった」

言われるまま箸を取り、食事に戻った。

同じ頃、江戸城桜田御門《さくらだごもん》内の出雲雲南藩《いずもうんなんはん》上屋敷では、月姫《つきひめ》の父、松平《まつだいら》筑前守近寛《ちかひろ》が朝餉を摂っていた。

朝からもりもりと食べる筑前守の前には、剣術指南役の岸部《きしべ》一斎《いっさい》が座している。

呼びつけた筑前守は、最後の一口を食べて箸を置き、一斎に向く。

「今日の稽古は、わしも見物する。手加減せず鍛えよ」

一斎は、ほっそりした顔に薄い笑みを浮かべ、白髪頭を下げた。

「承知いたしました。定光殿は、どうも力を秘めておられるご様子。今日は、真の力を引き出したく考えておりましたゆえ、念流《ねんりゅう》を開眼《かいげん》していらっしゃる殿の目で、しかとお確かめください」

「もとよりそのつもりじゃ。そちが申す真の力とは、どのようなものかの。亡き諸《しょ》大夫《だいぶ》殿は、一刀流《いっとうりゅう》の達人であった。その血を引く婿殿だ。これまでろくに稽古はできておらずとも、生まれつき持っておるものがあろう。今日は、そこを少しでも見られればよいが」

そこへ、お圀《くに》の方《かた》が来た。

一斎は頭を下げ、遠慮して下がる。

入れ替わりに筑前守の前に座したお圀は、晴れやかな面持ちをしている。

気分の移ろいを見逃さぬ筑前守は、目を見て問う。

「何かよいことでもあったのか」

「はい。本日は、月姫がまいります」

「何！」

「ほほほ、驚いていただこうと黙っていました。おや、嬉《うれ》しくないのですか？」

「そなたが呼んだのか」

問うと、お圀は笑顔でうなずく。

「わたくしに相談したいことがあると、文に書いておりましたゆえ」

「今日はまずい。来させるな」

「どうしてです？　あんなに会いたがってらっしゃったではございませぬか」

「今日は、婿殿が来ることになっているのだ。今すぐ使いをやり、月には日を改めさせよ」

お園はおっとりした笑みを絶やさない。

「もう屋敷を出ていることでしょう」

筑前守は焦った。

「止めぬつもりか」

「月姫の顔が見とうございます」

親に甘やかされて育ったお園の自由奔放さに、筑前守はため息をつく。

「よいか。夫婦《めおと》というても、二人はまだ、まともに顔すら見ておらぬのだ。わしは婿殿を……」

まだ認めておらぬ、と言いかけて、筑前守は口をつぐむ。

お園は不思議そうな顔をした。

「婿殿が、いかがされたのです？」

「その前に、月はそなたに、何を相談したいのだ」

「はっきりとは書いておりませぬが、今殿から聞いて腑《ふ》に落ちました。嫁いだ身でございますから、夫の顔を一度も見ずに奥御殿で暮らすことに、悩んでいるのやもしれませぬ」

　ふたたびため息をついた筑前守は、こころが落ち着いたところでお圀の目を見た。

「そなたには言うまいと思うていたが、やはり知っておいてもらう。こころ穏やかに聞け。よいな」

　お圀は笑顔でうなずく。

「亡き諸大夫殿の御家ゆえ月を嫁がせたのは言うまでもないことじゃが、肝心の婿殿は病弱で、しかも、すでにこの世になく、身代わりだという噂もあった」

「身代わりとはまた、楽しげな」

　動揺するどころか、興味を示すお圀に筑前守は、慌てた。

「案ずるな。身代わりのことは先日落着した」

「では、本物でございますか」

「うむ。その証《あかし》に、婿殿は上様から直々に、陣羽織を賜ったそうだ。今日の稽古で、将軍家のおそばに仕え、武名ある葉月家の当主に相応《ふさわ》しい者かこの目で見極め、改めて、月と添わせるつもりでおった」

「そうでしたか」

　お圀は、より明るい顔をする。

「では、よい折ではございませぬか。殿がこれとお認めになられた時は、二人をこの屋敷で対面させるのです。やはり月姫には、このまま来てもらいましょう」

「それではいかぬ」

「何ゆえでございます」

「わしはな、婿殿が不甲斐《ふがい》ない者であれば、月を戻そうかと考えておるのだ。互いに顔を知らぬ、今のうちにな」

　これにはさすがのお園も驚いた。

「寝耳に水でございます」

「わしの胸に秘めておったゆえ当然じゃ。そなたには、本日婿殿を見極めた後に話すつもりだったのだ。それゆえ、今日はまずい。月には来るなと申してくれ」

　お園は何やら考える顔をして、無邪気な笑みを浮かべた。

「いいえ、やはりこのまま来させます」

「どうして分かってくれぬ」

「誰のためでもなく、可愛い月姫のためにございます。婿殿が月姫に相応しくないお人と分かれば、今日から月姫を、わたくしの手元に置きまする」

　筑前守は眉間《みけん》に皺《しわ》を寄せ、顎《あご》を突き出した。

「そのまま離縁させろと申すか」

「はい」

優しい笑みを浮かべ、さらりと言うお圀。その大胆な発想に、筑前守はたじたじとなる。

「いや、そのように性急にせずとも……」

「いいえ、殿がおっしゃるとおり、まだ顔も知らぬ二人です。情が移る前に別れさせたほうが、お互いのためになりましょう」

「…………」

筑前守が言葉を返せずにいると、お圀は、

「ではそういうことで。お前様、今日はしっかりとお見極めくだされ」

何やら楽しげに励まし、自分の部屋に下がった。

一人残された筑前守は、

「なんとも、思わぬことになったものじゃ」

ぼそりと言い、落ち着きのない態度で思案をめぐらせた。

このようなことになっておろうとは夢にも思わない月姫は、虎丸が稽古に行くことも知らぬまま、高島《たかしま》と二人の侍女を供に出かけていった。

むろん、家老である竹内は、月姫が実家に帰ることを知っていたが、虎丸が知れば行くのを拒むことを恐れ、黙っている。

なぜなら竹内は、筑前守が虎丸を見極めようとしているのではないか、と感づいていたからだ。身代わりの疑いは晴れているはず。よって今日は、代々将軍家のおそばに仕える葉月家のあるじに相応しい器であるかを、剣術の稽古で確かめようとしているに違いない、と。

だが竹内は、これから虎丸にする助言により、若き夫婦の運命が変わろうとは、思いもしていなかった。

奥御殿に残っている侍女の久美《くみ》から、月姫が出かけたことを知らされた竹内は、虎丸の寝所に向かった。

「若殿、よろしいですか」

支度を終えたばかりの虎丸は、竹内に顔を向けた。

「刻限か」

「そろそろですが、出かける前に申しておきます」

「うむ」

何ごとかと思いつつ向き合って座り、竹内の言葉を待った。

「若殿は、控えとはいえ川賊改役《かわぞくあらためやく》を無事終えられ、上様から陣羽織を賜ったのですから、本日の稽古は、思いのままに汗を流されませ」

虎丸は嬉しく思ったが、同時に不安も浮かぶ。

「よいのか。ほんとうに」

「ただし、村上家伝来の剣術は、封印ですぞ」

「なるほど、そういうことか。諸大夫様は、一刀流の達人だったな」

「はい」

「わたしは一刀流を知らぬ。どうすればよい」

「お気になされなくてよろしいかと」

竹内の言葉に、支度を手伝っていた伝八《でんぱち》が口を挟んだ。

「もしも剣技のことを訊《き》かれた時は、それがしから習ったとおっしゃってください」

虎丸が顔を向ける。

「だが伝八、そなたは、諸大夫様から一刀流を伝授された達人ではないか」

「木刀を振るうのみで、極意はまだ習っておらぬとおっしゃればよろしいかと。要は、何があっても、若殿が得意とされる二刀流が出なければよいのです」

「分かった」

竹内が言う。

「ゆめゆめ、油断されますな」

「うむ。肝に銘じておく」

「本日は、駕籠《かご》を使わず徒歩でまいります」

虎丸は驚いた。

「いいのか」

「快癒を示すためです」

相変わらず真顔のままの竹内に、虎丸はうなずいた。


竹内と五郎兵衛を供に屋敷を出たのは、程なくのことだ。

筑波山護持院元禄寺《つくばさんごじいんげんろくじ》へ突き当たる三辻《みつつじ》を左に曲がるはずが、なぜか右に曲がり、一橋御門《ひとつばしごもん》の方へ向かう五郎兵衛に、虎丸は疑問を抱いた。

「五郎兵衛、どこへ行く」

「今日は気分を変えて、こちらからまいりましょう」

竹内から、行き道で月姫と会わぬように、と言い含められている五郎兵衛はそう誤魔化す。だが、そうと気付かぬ虎丸は、素直に従った。

武家屋敷ばかりの道で出会うのは、堅苦しい表情をした侍ばかりでさして楽しくはなかったが、大手《おおて》堀《ぼり》沿いの道は、広くて、ちり一つ落ちておらず気持ちがいい。右手の対岸にある江戸城は、いつ見ても威厳を感じる。

人がいない静かな大手門前を横切り、辰ノ《たつの》口《くち》を渡り、和田倉御門《わだくらごもん》を潜った。

程なく雲南藩の上屋敷に到着した虎丸は、表御殿の書院の間に通された。

舅《しゅうと》の筑前守は、

「ようまいった。顔色もよいな」

上機嫌に言う。

虎丸は、芸州弁が出ぬよう気を付け、無難にあいさつをすませた。

すると筑前守は、身を乗り出す。

「堅苦しいあいさつはよい。それより婿殿、今日の稽古は、一斎が張り切っておるゆえ少々きついかもしれぬが、葉月家のためと思うて、しっかり学べ。そなたは諸大夫殿の血を引く者、さして稽古をしておらずとも、剣の素質があるはず。一斎が隙を見せれば遠慮はいらぬ、打ち倒してやれ」

竹内と似たようなことを言うと思った虎丸は、何かあるのだろうかと疑いたくなったが、何も訊《き》かずに頭を下げた。

「わしはちと用があるゆえ付き合えぬが、さっそくはじめるがよいぞ」

「はは」

虎丸は、筑前守が去るのを待ち、小姓に連れられて、敷地内にある道場へ向かった。

道着に替え、先に入っていた竹内と五郎兵衛が見守る道場へ入ると、稽古をしていた藩士たちは木刀を引き、一人を残して出ていった。

虎丸は、座している一斎の前に正座し、頭を下げる。

「よろしくお頼み申します」

「うむ。ではさっそくはじめよう」

一斎は自ら稽古をするべく立ち上がる。

木刀を持ち、道場の中央に歩みを進めた虎丸は、向き合って一礼し、正眼《せいがん》に構えた。

木刀を左手に持ったままの一斎が目を細める。

「ほう、構えが様になっておるな」

「屋敷で剣術の稽古をしておりましたゆえ」

一斎はうなずき、正眼に構えた。

「打ち込んでまいれ」

「はい」

虎丸は気合をかけ、木刀を振り上げて幹竹《からたけ》割りで振り下ろした。

一斎は片手で受け、すぐさま刀身を巻き込むようにして後ろにすり流す。

力余ってつんのめる形となった虎丸は、振り向いて目を見張った。眼前に、一斎の切っ先があったからだ。

「真剣勝負ならば、今ので命はないぞ」

「はい」

「もう一度だ」

「はい」

木刀を正眼に構えて向き合った虎丸は、次は慎重に、機をうかがう。

同じ正眼の構えを取っている一斎は、まったく隙がない。

(このじいさん、本気を出しても勝てんかもしれんのう)

胸の内でそう考えた虎丸が、打ち込めずにいると、一斎が前に出た。

虚を衝《つ》かれた虎丸は身体が勝手に動き、打ち下ろされる木刀を受けようとしたのだが、上からくるはずの木刀は消え、気付いた時には腹を打たれていた。

強烈な一撃に息ができない虎丸は、たまらず片膝《かたひざ》をつく。

「若殿！」

五郎兵衛が声をあげたが、虎丸は手で制した。

そこへ、一斎が木刀を打ち下ろす。

横に転じてかわした虎丸であったが、また、目の前に切っ先をぴたりと止められた。

「これで、三度命を落としたぞ。一度たりともわしの着物すらかすっておらぬではないか。それでも葉月家のあるじか。情けない」

馬鹿にされたあげくに、腕を木刀で打たれた。

痛みに顔をゆがめた虎丸は、一斎が嘲笑《ちょうしょう》を浮かべるのを見て腹が立った。

（このくそじじい！）

思わず叫びそうになり慌てて口を塞《ふさ》いだ虎丸の目に、壁にかかっている木刀が映る。壁まで走って木刀を取り、得意の二刀流で戦おうかと一瞬思った。

（いけんいけん。ここは辛抱せにゃ）

慌てて自分に言い聞かせる。

だが一斎は、虎丸が一瞬目をそらしたのを見逃していなかった。

「どこを見ておる」

言われて驚いた虎丸は、誤魔化すために情けない顔を作った。

「この木刀は、わたしには重うございます」

虎丸の本音に気付かぬ一斎は、鼻で笑った。

「好きなのを選ぶがよい」

「では」

言ったからには選ばなければ疑われると思い、木刀を何本か振って確かめ、手に合う物を持って戻ると、一斎は下がって座していた。

（せんのんかい《やらないのか》）

と、不思議に思いつつ見ていると、一斎は控えていた藩士に顔を向けた。

「次はあの者が相手をいたす。坂島《さかじま》」

「はは」

木刀を手に立ち上がった坂島が、虎丸の前に来ると、一礼した。

「馬廻《うままわ》り役、坂島外記《げき》にございます」

頭を下げて応じる虎丸に、一斎が言う。

「この者は馬廻り衆の中でも随一。油断されるな」

虎丸がうなずくと、一斎は坂島に言う。

「手加減は無用。一本勝負じゃ」

「おう！」

大音声で応じた坂島は、大人しそうな表情を一変させ、気迫に満ちた顔で間合いを詰めてきた。

正眼に構える切っ先が交差するやいなや、

「たあ！」

気合をかけて打ち込んでくる。

受け止めた虎丸を鍔迫《つばぜ》り合いで押し離し、

「えい！」

力まかせに打ち下ろす一撃は、受け止めるのがやっと。

藩主を警固する役目の馬廻り衆の中で随一というだけあり、坂島の剣は凄《すさ》まじい。

二刀流を封印している虎丸は、打ち返そうとした隙を突かれてしまい、木刀が頭に迫る。

「それまで！」

一斎の声で、当たる寸前で止められた。

気合が余った坂島は、虎丸の右肩に木刀を当てて押し切るようにして離れ、睨《にら》んできた。

「葉月家の若殿と聞き楽しみにしておりましたが、その程度でござるか」

激励のつもりかと思ったが、坂島は唇に嘲笑を浮かべた。

（こんなぁ、腹立つのう）

こころの声のまま、木刀をにぎる手に力が入ったものの、一斎の眼差《まなざ》しを感じた虎丸は、むきにならずに頭を下げた。

「まいりました。わたしの負けです」

坂島はつまらなそうな面持ちとなり、木刀を納めて一礼し、一斎に向いて頭を下げ、控えの場に戻った。

虎丸は、見守っていた二人に目を向ける。五郎兵衛は悔しそうだ。竹内は相変わらず真顔で、黙って見ている。

「今日はこれまでじゃ」

一斎に応じた虎丸は上座に向かって正座し、両手をついて頭を下げ、一つ息を吐いた。

竹内と五郎兵衛も、頭を下げた。

一斎は、廊下に隠れて見ている筑前守に、首を横に振って見せた。

稽古を終えて道場を出た虎丸は、筑前守にあいさつをしようとしたが、小姓から忙しいと言われてしまい、会うことなく辞すことになった。

御殿の表玄関から出て門へ向かう虎丸の後ろ姿を、筑前守は険しい面持ちで、廊下の格子窓から見ている。

背後にいる一斎が筑前守に、

「どう見られましたか」

問うと、筑前守は眉間に皺を寄せ、より一層険しい顔で虎丸を見つつ言う。

「わしの目は節穴ではない。お前との立ち会いはともかく、坂島にはわざと負けおった。違うか」

「おっしゃるとおりかと」

「何ゆえじゃ。何ゆえ、力を秘める」

「真意は測りかねますが、何か、人に言えぬことがあるのではないかと」

「婿殿、いや、定光が偽者とは疑わぬが、今のままでは、月を帰らせるわけにはいかぬ」

一斎が驚いた。

「姫様を引き止められて、なんとされます」

「場合によっては、離縁じゃ」

「なんと」

「これを知って定光がどう出るか、しかと見届けてくれる」

筑前守は厳しい口調で言い、去っていった。

残って見送った一斎はため息をつき、

「離縁させて、後悔することにならねばよいですがな」

ぼそりと言い、虎丸が出ていった表門に眼差しを戻した。

二

その夜、食事を摂っていた虎丸は、右の腕に痛みを覚えて箸を置き、袖《そで》をめくって驚いた。

「や！　ように、しにいとる！」

控えていた伝八が驚いた。

「今、なんと申されました」

虎丸ははっとした。

「すまん。これだ」

腫《は》れた右腕を見た伝八が、

「ように、しにいとる、という芸州弁は、酷《ひど》い青あざになっている、という意味ですか」

問う顔を向けるので、虎丸は苦笑いをした。

「そういうことだ。つい出てしまった。すまん」

「いえ。それより痛そうですね」

「今になって気付いた。あの爺様《じいさま》は、手加減というものを知らぬようだ」

「塗り薬をお持ちします」

「いや、大丈夫だ」

虎丸は笑って、食事に戻った。

廊下を走る音がしたので顔を上げると、血相を変えた五郎兵衛が入ってくるなり、膳の前に正座した。

何か言いかけてやめる五郎兵衛に、虎丸はいぶかしむ。

「どうした。顔色が青いぞ」

遅れて竹内が来るのに振り向いた五郎兵衛は、膝を転じて場を空け、落ち着かぬ様子だ。

虎丸は、五郎兵衛にかわって向き合う竹内を見た。

「また五色殿が、何かしかけてきたのか」

竹内は真顔で首を横に振る。

「奥方様が、ご実家から当面戻られぬこととあいなりました」

何を言われたのかすぐに理解できない虎丸は、

「どこの？」

他人《ひと》ごとだ。

竹内がじっと見て、月姫だと教えた。

「このまま、離縁になるかもしれませぬ」

月姫が実家に出かけていたことを初めて知った虎丸は、驚きはしたものの、肩の荷が下りた気がして微笑む。

「舅殿が、わたしの剣を不甲斐ないと思われたからであろう。ずっと見られていたのは分かっていた」

竹内が探るような眼差しを向ける。

「もしや、わざとあのような無様な負け方をされたのですか」

「そう見えたか」

「言われて分かりました。だが一斎殿は、若殿の手抜きを見逃さず、怪しまれた。そう考えれば納得がいきます」

竹内の推測に、五郎兵衛が慌てた。

「もしそうだとすれば、身代わりを疑われて、奥方様をとめ置かれたのでは」

竹内は五郎兵衛に顔を向けて言う。

「あるいは、無様に負けた若殿をまことに不甲斐ないと思われてのことか。いずれにしても、このままでは離縁は確……」

「若殿、笑っている場合ですか」

竹内は虎丸に目を向けて、驚いた。

虎丸は笑みを消した。

「わたしは身代わりだ。月姫とは添い遂げられぬ。これでよかったのだ」

ふたたび笑みを浮かべると、竹内は肩を落とす。

「まことに、それでよろしいのか」

高島を月姫だと思い込んでいる虎丸は、即座にうなずく。

竹内は本心を探る目をする。

「ほんとうに？」

「ほんとうだ。四郎殿に命を狙われてからずっと考えていたのだが、四郎殿の子を、養子にもらってはどうか」

これには五郎兵衛が驚き、膝を進めてきた。

「何を弱気な。それでは、四郎殿と絶縁された亡き大殿（諸大夫）が悲しまれます。定光様も、あなた様にこの家を託すことを望まれたのです。なんの遠慮がありましょうや」

「こころ苦しいのだ。何も知らぬ姫を騙《だま》して、夫婦の契りを結ぶことが」

五郎兵衛は眉尻《まゆじり》を下げて何か言おうとしたが、竹内が手で制し、虎丸に真顔を向けた。

「若殿のお気持ちはよく分かりました。ですが、四郎殿の血を引く者を当家に入れるわけにはいきませぬ。ゆえに今は、目の前のことだけを考えましょう」

「どういう意味だ」

「奥方様には無理にお戻りいただかず、あちら様の出方を見るということです。どこに目があるか分かりませぬゆえ、決して、鯉姫《こいひめ》に会いに行かれませぬように」

虎丸は焦った。

「何ようるん《を言うか》。鯉姫が気になるけぇ言うたんじゃないで」

竹内は真顔で懐に手を入れ、一通の手紙を出して見せた。

「双井屋判太郎《ふたいやばんたろう》が頼まれたそうです」

鯉姫からだと言われた虎丸は、潔白を示すためにその場で封を切った。

目を通し、鯉姫らしいと思い笑った。

あれからどうなったんね。元気なら、一包《いっぽう》先生に顔を見せに来んさい。
お礼の薬代を忘れずに。　　　　鯉

たった二行の手紙を開いて竹内に向けると、見つめた竹内は真顔でうなずいた。

「なるほど。恋文ではないようです」

「あたりまえだ。鯉姫とは、そういう仲ではない」

「では、どういう仲なのです」

今日はしつこい竹内に、虎丸はなんと言えばいいか考えた。

「川賊から助けたことをずっと恩に着て、わたしが身代わりとして葉月家に入っていることを、何かと心配してくれているだけだ」

「だけ……。わたしには、そうは思えませぬが」

虎丸は手を振った。

「ないない」

「分かりました。若殿のお言葉を信じましょう。薬代は六左に持って行かせますので、明日を乗り切ることをお考えください」

「明日、何かあるのか？」

「奥方様が戻られぬことを知らせてまいった使者が、一斎殿が当家に出稽古にまいると告げました」

虎丸は驚いた。

「受けたのか」

「断る理由がございませぬ」

「ほいでも……」

「ほいでも？」

竹内に睨まれて、慌てて言葉を改める。

「離縁を考えておられる筑前守殿が、何ゆえ剣術にこだわる」

「雲南藩の道場で見せられた剣が偽りであると、見抜かれてのことかと。わざわざ足を運ぶのは、若殿が秘めている剣の力を引き出そうとしているのではないかと思われます」

虎丸は、腕の青あざを見せた。

「あの爺様は、容赦ない。今日も危うく本気になるところだった」

「徐々に上達したように見せかけるのがよいのでしょうが、相手は何かを感じ取っている様子。下手な小細工は、かえって怪しまれるやもしれませぬ。出されませ、本気を」

「村上の剣が出るぞ」

竹内は首を横に振る。

「それだけはなりませぬ。一刀流で、本気を見せるのです。これが葉月定光の剣だと思わせることができれば、それでよろしい」

「だがわたしは、一刀流を知らぬ」

「伝八、若殿に葉月家の一刀流を指南いたせ」

次の間に控えていた伝八が応じて頭を下げ、そばに寄ってくる。

「若殿は村上剣術を極められた達人。大刀一振りのみの剣術も、すぐに上達されましょう。善は急げと申します。今からはじめますか」

「ほんとうに、本気を出していいのだな」

竹内がうなずくので、虎丸は立ち上がった。

「よし、やってみよう」

「ほおう、昨日とは別人のようじゃの」

木刀を構えて下がった一斎が、さも楽しげに言い、切っ先を空に向け、柄《つか》をにぎる両手を右脇に引き、左足を前に出した。

対する虎丸は、伝八から伝授された一刀流の基本である、正眼の構えを崩さない。

虎丸は先ほど、木刀を打ち下ろしてきた一斎の刀身を、正眼の構えを崩さず擦り外し、喉元《のどもと》に切っ先を向けて動きを制する技を見せていた。うまく決まり、一斎はたまらず下がっていたのだ。

　対峙《たいじ》したまま、一斎が言う。

「姫を帰さぬと言われて、ようやく本気を出したな。昨日は何ゆえ、爪を隠しておった」

「………」

「答えよ、何ゆえじゃ」

　虎丸は木刀を引いた。

「まだ終わりではないぞ」

　間合いを詰めた一斎が、木刀を打ち下ろす。

　頭に当たるすれすれで止められた木刀に対して、虎丸は微動だにせず、一斎を見ている。

「お聞かせいただきたい。筑前守様は、わたしが手抜きをしたことに腹を立てられ、月姫を戻されぬのですか。それともまだ、五色四郎殿が言われることを真に受けておられるのか」

　この質問には、庭に出て見守っていた五郎兵衛が驚いた顔をしている。その横にいる竹内は、真顔で一斎を見た。

一斎は木刀を下ろし、快晴の空の下で、まぶしそうな目をする。

「にわか仕込みの一刀流を使《つこ》うても、わしの目は誤魔化せぬ。まだ秘めておる力を、見せていただこう。話はそれからじゃ」

下がった一斎は、いざ、と声をかけて正眼に構えた。

(しつこい爺さんじゃのう)

こころの声をため息に変えた虎丸は、正眼に構える。

打ちかかる一斎の刀身をふたたび擦り外し、切っ先を喉に向けた虎丸であったが、同じ技は通じない。

下がってかわした一斎は、木刀を大きく振るって虎丸の木刀を打ち払い、

「えい」

鋭く胸を突く。

寸前で止められた切っ先を一瞥《いちべつ》した虎丸は、次の瞬間に肩を打たれた。

「うっ」

激痛に呻《うめ》いて下がるのを一斎が追い、頭を打つと見せかけ、虎丸が受けようとすると刀身を転じて腹を打つ。

息ができず、たまらず片膝をついたところへ、容赦なく打ちかかる。

肩を打たれて倒れる虎丸に、五郎兵衛はたまらず立ち上がった。

「待たれよ！　若殿を殺すおつもりか！」

だが一斎はゆるめぬ。

木刀を突き下ろされた虎丸は、転がってかわした。一斎は追い、何度も突いてくる。ついに池のほとりまで追い詰められ、後がなくなった。

目を見開いた一斎が、大きく振りかぶる。

「覚悟！」

気合をかけて打ち下ろした一撃を左に転がってかわした虎丸は、片膝をついて身構えた。そして、虎丸を追って右手で一閃《いっせん》する一斎の木刀をかわすために、咄嗟《とっさ》に跳躍した。

時が止まったかのごとく、眼下に一斎が見えた。それはほんの一瞬、一斎に隙が生まれていたからなのだが、剣を極めた者には、相手が止まっているように見えるのだ。

高く飛んでいた虎丸は、その隙を突いて、幹竹割りで打ち下ろす。

「やあ！」

肩を打つ、かと思われたその刹那《せつな》、虎丸の木刀は空を切った。着地して一斎に向いたが、目の前に切っ先を突きつけられる。

　虎丸が目を見張っていると、一斎は薄い笑みを浮かべた。

「今のは、危うかった」

　木刀を引いて下がり、目を見て言う。

「先ほどそなたが訊いたことだが、筑前守様は、五色四郎が申すことなど聞いておられぬ。だが、そなたが剣を使えぬふりをしたことは見抜かれ、不審に思われたことは確かだ。今のように、わしをひやりとさせた実力を持ちながら、何ゆえ爪を隠した」

　虎丸は、一斎を見据えた。

「軽々しく、人に見せるものではございませぬゆえ」

　一斎は目を細める。

「ほう、葉月家の秘剣と申すか」

「そう思われてもよろしゅうございます」

「謎めいた物言いをするものよ」

　出まかせを見抜かれやしまいかと、虎丸は胸の鼓動が高まっている。

　だが一斎は、ふたたび笑みを浮かべた。

「なるほど、秘剣があるとは、おもしろい」

竹内が早足に歩み寄り、片膝をつく。

「一斎殿、このこと、伏せていただきとうござる」

どうやら竹内は、村上剣術が出てしまったことに焦り、虎丸に合わせたようだ。

「葉月家は将軍家をお守りしておりましたゆえ、秘めたる剣技があるのです」

一斎は、虎丸に顔を向ける。

「しかし、わしが黙っていたのでは、月姫を戻してもらえぬぞ」

「至極残念ではございますが、いたしかたありませぬ」

月姫とは、本気で夫婦にならねばならぬと思っている虎丸は、一斎の目を見て続ける。

「五色の伯父御《おじご》も、まだ納得されておられぬご様子ゆえ、またいつ、命を狙われるか分からぬ身。姫には、安泰の御家《おんけ》で安らかに暮らしていただきたい」

一斎は黙って目を見ていたが、ふっと息を吐き、肩の力を抜いた。

「あい分かった。筑前守様には、今日も不甲斐なかったと、お伝えいたそう」

「かたじけのうございます」

頭を下げる虎丸に背を向けた一斎は、足早に去った。

五郎兵衛と竹内は、神妙な面持ちで虎丸を見ている。

顔を上げた虎丸は、竹内に言う。

「危なかった」

「秘剣とは、思いつきましたな」

「信じてくれただろうか」

「それは、いずれ形となりましょう。不甲斐ないと言われれば、まことに月姫様と離縁になるやもしれませぬ」

「葉月家と松平家の縁がなくなることは、悪いと思っている。だが、やはりわたしは、月姫を騙したくないのだ」

竹内は片膝をつき、頭を下げた。

「我らのために故郷を去られたあなた様に、この上を望むのは酷というもの。月姫様のことは、おっしゃるとおりにいたします」

「すまぬ」

虎丸は背を向け、池のほとりに立った。

足下に、ぬしの黒鯉が悠々と寄ってきて、蓮《はす》の葉の下に消えた。

ふと眼差しを築山《つきやま》に上げて見たが、そこに気配があるはずもなく、小鳥が庭木の枝から枝に飛んでいるのが目に映るのみだった。

三

「なあ伝八、あれから三日だ。月姫が戻らぬということは、一斎殿が剣術のことをうまく言ってくれたと思うてよいよな」

初めて入った茶室で正座していた虎丸は、茶を点《た》てている伝八に問うた。

茶筅《ちゃせん》を持つ手を止めた伝八が、穏やかな笑みを浮かべる。

「剣術稽古の誘いもございませぬから、恐らく。葉月家の秘剣とおっしゃったのが、功を奏したのでしょう」

「奥御殿に仕えていた者たちはどうなる。里に帰すのか」

「いえ、しばらくは今のままにするそうです」

「竹内は何を考えている。もう三日も、ろくに口をきいてくれぬ。月姫と夫婦になれぬと言ったのを、怒っているのだろうか」

「奥御殿の者たちが騒ぎましたもので、その対応に追われているのです。若殿は、ご案じなさいますな」

「そういえば昨日、湯殿の支度をしてくれるお静《しず》とお久美が、よそよそしかったな。あれは、怒っているということか」

「さあ、それはないかと思いますが」

伝八は茶を点て終えて、差し出してくれた。

虎丸は作法を踏まえて口をつけ、ゆっくりと飲む。いつもよりほろ苦いのは、伝八の心情の表れか、それとも、己自身の心持ちか。

「けっこうなお手前で」

こころにもないことを口にするのは、江戸に来て増えた気がする。

茶碗《ちゃわん》を引き取った伝八は、静かに湯をかけ、布で拭《ふ》いた。

「ちと、庭に出てくる」

虎丸が立ち上がろうとした時、襖《ふすま》の外が騒がしくなった。奥御殿に隣接する茶室の襖の外は、奥方の部屋に通じる畳敷きの廊下がある。侍女たちの声は、その襖の向こうから聞こえている。

「何ごとだろうか」

行こうとした虎丸を、伝八が止める。

「奥向きへは行けませぬ」

「奥方がいなくてもか」

「侍女たちが騒ぎますから、ここはお控えください」

「そうか」

虎丸は気持ちを抑え、庭に出て池のほとりへ行った。ぬしの黒鯉は見当たらない。

ふと、気配を感じて築山を見たが、そこには何もいない。

そういえば、月姫が可愛がっていた白い猫はどうなったのだろうか。

奥御殿の騒ぎは、月姫が戻らぬことを猫が寂《さみ》しがり、いなくなってしまったのかもしれないと思った。

尾道の亀婆が、雄猫はおらんようになるけいけん、と、寂しがっていたことがあったのを思い出し、きっとそうだと思った。

視界の端に人影を感じて右を向くと、五郎兵衛が庭を歩いてこちらに来ていた。

虎丸は、やはり猫がいなくなったのだと察して築山に目を戻す。猫が好みそうな木の上にはいない。躑躅《つつじ》と躑躅のあいだに入り込んで寝そべっていやしないかと、四つん這《ば》いになっていると、背後から声がした。

「若殿、何をしておいでか」

振り向き、五郎兵衛を見上げる。

「何って、決まっているだろう。猫を捜す手伝いだ。ここにはおらぬ」

いぶかしげな顔をする五郎兵衛に、虎丸は訊く顔をする。

「違うのか？」

五郎兵衛はうなずく。

「いなくなったのは猫ではなく、月姫様にございます」

虎丸は驚きのあまり、何があったん、と、芸州弁が出そうになるのをぐっと堪《こら》えた。

五郎兵衛はさらに言う。

「戻った高島殿によりますと、奥方様は、葉月の家に帰るという置き手紙を残し、いなくなられたそうなのです。すでに戻られているはずだと、奥御殿を捜しております」

「騒ぎはそのことだったのか」

虎丸は、先ほどの気配はもしやと思い、あたりを見回した。

「いかがされました」

「五郎兵衛が来る少し前に、築山で気配を感じたのだ。猫かと思ったが、月姫かもしれぬ」

「それはあり得ませぬ」

「では、どうしてここに来たのだ。庭を捜しに来たのではないのか」

五郎兵衛は意外そうな顔をする。

「若殿のお耳に入れておかねばと思うたからです。少々騒がしいですが、ご案じなさいますな」

虎丸はどうにも先ほどの気配が気になり、築山に足を向けた。

「若殿、どちらに？」

静かにするよう振り向いた虎丸は、気配がした築山を駆け上がった。

だがそこには誰もいない。

気のせいかと思い、下りようとしたその時、近くで木の枝の葉が擦《こす》れる音がした。

見ると、躑躅の枝葉の下に、青地の着物が見えた。

しゃがんで身を隠している者の背後に回り、

「姫か」

声をかけると、その者は大きく見開いた目で振り向いた。

いつぞや町で見た顔に、虎丸は微笑む。

「姫、勝手にいなくなってはだめではないか。皆、大騒ぎをしておるぞ」

声も出せぬ様子に、虎丸は笑みを絶やさず、手を差し伸べた。

「姫、さ、立ちなさい。今頃は、筑前守様が心配しておられるから戻るのだ」

そこへ来た五郎兵衛が、目を見張った。

「高島殿、ここで何をしておられる」

「え！」

虎丸は思わず声をあげた。

（嘘じゃろ）

思わず出そうになった芸州弁を飲み込んで黙っていると、高島は、ばつが悪そうな笑みを浮かべた。

奥方と思っていた人が侍女だと知り、動揺を隠せぬ虎丸は離れた。そして振り向き、目を閉じて息を吸って吐き、気持ちを落ち着かせた。

「若殿、いかがされたのです」

五郎兵衛に言われたが虎丸は答えず、高島に向き直って頭を下げた。

「すまぬ。わたしは今の今まで、そなたを月姫と思い込んでいた」

「はあ？」

五郎兵衛と高島が同時に声をあげた。

高島は着物の襟元に手を当てて口を開けていたが、目を泳がせ、虎丸を見てきた。

「何ゆえ、わたくしを月姫様と勘違いされたのですか」

「それは……、時々寝所で見ていたもので」

これまでのことを詳しく言えるはずもなく咄嗟に出た言葉はそれで、恥ずかしいことに、動揺のあまり声が裏返った。

すると高島は、ちらと虎丸の股間《こかん》に目をやって顔をそむけ、笑いを堪えている。

水桶《みずおけ》で金玉を冷やしていた姿を見られたことを思い出した虎丸は、急に恥ずかしくなった。

五郎兵衛が横から口を挟み、

「若殿は病床に臥《ふ》せておられた時、高島殿がたびたび来る姿を見て、勘違いされたのですな。まあそれは仕方ないとして、高島殿、奥方様のことだ。いったい、どこに行かれたのだろうな」

助け船を出す。

すると高島は、顔に焦りをにじませた。

五郎兵衛が続ける。

「日本橋《にほんばし》の親戚《しんせき》におられぬか」

「もしやと思い、こちらに来る途中で寄りましたが……」

高島は首を横に振り、額に手を当てた。

「ああ、姫様。いったいどこに行かれたのでしょう。右も左も分からぬというのに屋敷を出られるとは、無謀にもほどがあります」

虎丸は驚いた。

「道を知らぬのか」

高島はうなずく。

「外を歩かれたことがないのですから当然です」

「世間を知らぬ、うら若き姫君、ということか」

ぼそりと言う虎丸に、高島は厳しい顔で迫る。

「あなた様が不甲斐ないばかりに、姫様はこのようなことに……。何かあれば、わたくしは……」

目に涙を浮かべる高島に、虎丸は焦った。

五郎兵衛が訊く。

「いったいどうして、奥方様は勝手に出られたのか。御屋敷で何があったのだ」

すると高島は、五郎兵衛を見て、

「言えませぬ。ではわたくしは、姫様を捜しに戻ります」

　そう言うと、虎丸に頭を下げて行こうとした。

「待たれよ。わたしも捜そう」

　声をかける虎丸に高島は振り向き、

「雲南藩で見つけますから、無用にございます」

　強い態度でつっぱねた。

　それでも虎丸は、放ってはおけなかった。

「心配だから捜す。姫はどのような顔をしているのか教えてくれ」

「…………」

「不甲斐ないのは確かだ。わたしのせいでこのようなことになったのなら、なおのこと放ってはおけぬ。頼む高島殿、教えてくれ」

　歩み寄る虎丸に対し、高島は目を見てきた。

　虎丸はそらさず懇願する面持ちでいると、高島はうなずく。

「姫様は、色白の細面で、右に泣きぼくろがございます。お召し物は、わたくしのより色が濃い青地に、白菊が刺繍《ししゅう》された打掛けのみが見当たりませぬゆえ、白い寝間着に羽織られているものかと」

「寝間着のままですと！」

驚く五郎兵衛に、高島はうなだれた。

「目を離したわたくしが愚かでした」

五郎兵衛が言う。

「道も分からぬのに外に出られるとは、よう似ておられる」

すると高島が、不思議そうな顔を上げた。

「誰にです？」

五郎兵衛は失言に慌てた。

「いや、なんでもござらぬ。当家のことゆえ」

「当家……」

「あ、いや、その」

誤魔化す五郎兵衛に、高島は怒気を浮かべた。

「やはり、姫様を捜していただかなくてけっこうです。こちらで捜しますから。若殿、おじゃまをいたしました」

他人行儀に言い、足早に去った。

五郎兵衛が虎丸に困り顔を向ける。

「しくじりました。怒らせてしまったようです」

「月姫は大胆で、男勝りなのか」

「いやぁ、そのようには思えませぬが」

「しかし、寝間着で市中を出歩くほどの人だぞ」

「いくらなんでも、うら若き姫君がそのようにみだりではございませぬぞ。打掛けを着られているのですから、寝間着は隠せます」

「しかし大胆だ。高島殿より、恐ろしい気性かもしれぬぞ」

「断じてございませぬ！」

「五郎兵衛、その言いかたは、姫のことを知っているな」

「なんですいきなり」

「どうなのだ」

「一度だけご尊顔を拝したのみで、言葉を交わしたことはございませぬが、美しく、お優しい面持ちですから、気性も穏やかに決まっております」

「顔を知っているなら共に来てくれ。捜しに出る」

「若殿、殿、お待ちくだされ」

行こうとしていた虎丸は足を止めた。

「なんだ」

「奥方様と出会うかもしれませぬので、身なり正しくお出かけください。旗本のあるじらしくなされませ」

「着替えていたのでは竹内に止められる。行くぞ」

虎丸は庭から表門に回り、町に出た。

四

買い物客でにぎわう鎌倉河岸《かまくらがし》からはじめ、日本橋、京橋《きょうばし》、芝《しば》へと足をのばして捜したが、五郎兵衛の目にとまる顔をした女は一人もいなかった。

堀川に架かる名も知らぬ太鼓橋のてっぺんで欄干に背を預けた虎丸は、行き交う女にそれとなく目を向けて泣きぼくろを捜していたが、しゃがみ込んでいる五郎兵衛を見おろした。

「ほんとうに覚えているのか。一度きりだから、自分の理想と重ねて別人の顔になっているのではないか」

「いいえ、そのようなことは……」

言いかけてため息をつくので、虎丸はのけ反った。

「ほらみろ。やはり分からないのではないか」

「いえ、見れば必ずや思い出します。それほどに、見目麗しいのですから」

「ふぅん。そうなのか」

「江戸は人が多過ぎるのです。行き交う数多《あまた》の娘を見ているうちに、みんな同じ顔に見えてきました」

虎丸は笑った。

「気持ちは分かる。日頃気にしている者ならば、ぱっと目にとまるのだろうが、一度しか見ていないなら無理もない」

両手の指先を合わせて丸を作り、女の顔を中に入れて片目で見た。虎丸に見られていることに気付いた若い女が、顔をうつむけて、小走りで橋をくだっていく。

悪いことをしたと思った虎丸は、手を下ろして、行き交う女にできるだけ気付かれないよう、顔を見た。

五郎兵衛が立ち上がり、一つ息をした。

「疲れたのか」

訊く虎丸に、五郎兵衛は首を横に振り、穏やかな顔を向ける。

「訊いてもよろしいですか」

「うん」

「若殿は、まことにこれでよいとお思いですか」

「なんのことだ」

「奥方様のことに決まっております」

「そういう五郎兵衛も、独り身ではないか」

「それがしのことはどうでもよいのです。この歳ですから、今さら所帯など持ちませぬ」

「竹内や伝八も、所帯を持つ気がなさそうだ。それはつまり、葉月家の先を案じているからではないのか」

五郎兵衛は驚いた顔をして、あたりに人が居ないのを確かめて言う。

「若殿は、ばれるとお思いか。それゆえ、離縁を望まれますか」

「何度も言わせるな。騙したままでは、姫があまりに可愛そうだ。竹内と伝八も、口には出さぬが、柳沢を騙し通せるとは思っていないはずだ」

「いいえ、それは違いますぞ若殿。御家老と伝八は、本気で、葉月家を未来永劫《えいごう》残そうと思っております。その気持ちはそれがしとて同じ。さもなくば、若殿を巻き込んだりはいたしませぬ。御家老と伝八が独り身なのは、亡き若殿が病床に臥されていたからにございます。我らだけ幸せにはなれぬと申して」

そこまで言って声を詰まらせる五郎兵衛は、涙を見せまいと堀川のほうへ向いた。

熱い気持ちが伝わった虎丸であるが、月姫を無理に戻してまで、夫婦になる気にはなれなかった。

「期待に応《こた》えられず、悪いと思っている」

「若殿のお辛《つら》い気持ちは十二分に分かります。分かりますが、御家のため、家臣とその一族郎党五百六十九人のためにも、覚悟を決めてくだされ」

「月姫を道連れにしろと言うか」

「よろしいですか、奥方様は、葉月定光の妻と思うて、屋敷に戻られようとしたのです。あなた様は、亡き若殿から望まれた葉月家のあるじ。我らが墓まで持ってゆけば、残る者は、葉月家の血を引く者として生きてゆけるのです」

人に聞かれやしないかとひやひやしながらも、虎丸は耳をかたむけた。

八人の男女の一団が橋を登ってきたのが目にとまった虎丸は、なおも熱く語ろうとする五郎兵衛の手を引いて黙らせ、越えて行くのを待った。

談笑しながら目の前を通り過ぎて行く者たちを見送った虎丸は、黙っている五郎兵衛に顔を向けた。

「気持ちは分かった。だが、やはりわたしは、筑前守様を説得してまで、月姫を戻したくはない。わたしは月姫を知らぬが、女の一生にかかわることだ。公儀を騙すのとは、わけが違う」

公儀と女を天秤《てんびん》にかける虎丸に、五郎兵衛は驚いた顔をした。

「では何ゆえ、月姫様を捜しに出られたのです。放っておかれればよろしかろう」

「思い違いをいたすな。この広い江戸の空の下で道に迷い、不安に思うているはずだから、助けたいだけだ。他を捜してみよう。葉月家の屋敷と反対に向かったのなら、ここからだと、どの方角になるのだ」

五郎兵衛は太鼓橋から遠望できる城に顔を向け、堀川の川上を示した。

橋をくだってそちらに向かい、町中を歩いた先にあった虎ノ《とらの》門《もん》前を横切り、赤坂《あかさか》、四谷《よつや》へと足をのばして捜した。だが、一日中歩き回っても、月姫を見つけることはできなかった。

「江戸は広いのう」

思わず出た芸州弁に自分で慌て、五郎兵衛に振り向くと、苦笑いをされた。

「すまん、つい出た」

「人がおらぬので、気がゆるまれましたな。いかがでしょう、暗くなってきたことですし、すでに雲南藩の者が見つけているやもしれませぬから、屋敷に戻りましょう」

虎丸は応じて、足を止めた。小高い丘にある広大な屋敷が気になったのだ。

「このあたりは初めて来たが、あれはどこの大名屋敷なのだ」

五郎兵衛はその屋敷に顔を向けて、即答する。

「ああ、あれは尾張藩《おわりはん》の上屋敷です」

「はあ、さすがは徳川《とくがわ》御三家。まるで城だな」

「万が一江戸が敵に攻められることがあれば、出城となりましょうな。若殿、こちらの市ヶ谷《いちがや》御門《ごもん》から入りましょう」

言われるまま門を潜り、三番丁《さんばんちょう》通りだと教えてくれた旗本屋敷が並ぶ真っ直ぐな道を進み、屋敷に帰った。

葉月家の表門に到着した時には、すっかり暗くなっていた。

「今日は、城の南側から西へ右回りに、外堀を半周しましたな」

五郎兵衛に教えられて、虎丸は驚いた。

「そんなに広かったのか」

「ちなみに、東の外堀は大川《おおかわ》となっておりますぞ」

勝手に外に出て、帰る方向が分からなくなったことが何度もある虎丸は、自分に置き換えて、月姫の気持ちを察した。

「広い町で迷った月姫は、さぞ不安であろうな」

「何か知らせがきているかもしれませぬゆえ、中に入りましょう」

「うむ」

脇門から入り、寝所に戻って着替えをしていると、竹内が来た。

「高島殿が先ほどまで待っておりましたが、一足違いで帰りました。月姫様が見つかり、無事雲南藩の屋敷に戻られたそうです」

虎丸は安堵《あんど》した。

「そうか。それは良かった」

着替えをすませ、竹内の前に正座して訊く。

「して、姫はどこにいたのだ」

「やはり道に迷われたらしく、増上寺《ぞうじょうじ》まで行かれていました。朝方のことで、寺の者が不審に思い、助けていたそうです」

すると、五郎兵衛が訊いた。

「増上寺の者は、何ゆえ奥方様のことを雲南藩に知らせなかったのです。すぐに知らせておれば、騒ぎにならなかったはずですぞ」

「月姫様は、葉月定光の妻だとしかおっしゃらず、当家のことを認識しておらぬ増上寺では、公儀に問い合わせてよいものか、議論をされていたそうだ。一人でおられたことで、何か事情があると察した寺では、葉月家よりも、ご実家に知らせたほうがよいということになり、姫を説得され、夕方になってようやく、雲南藩松平家の名を出されたとか」

　五郎兵衛は沈痛の面持ちをした。

「奥方様は、そこまでして戻られようとしておられたのですか。寝間着のまま外を歩かれるなど尋常ではござらぬ。いったい、何があったのでしょうか」

　竹内は、真顔を虎丸に向けた。

「筑前守様は、葉月家との縁をなかったこととされ、月姫様をさる大名の継室になさるおつもりです」

　五郎兵衛は尻を浮かせた。

「もしや、そのことを月姫様が知ることとなり、屋敷を飛び出されたのですか」

　竹内は五郎兵衛を見てうなずいた。

「どうやらそうらしい」

「筑前守様が、月姫様に告げられたのですか」

「いや。高島殿が言うには、葉月家に戻れぬと知り悲しまれていた月姫様を案じられたお囲の方様が、縁談のことをつい、しゃべってしまわれたそうだ」

五郎兵衛は、残念そうな顔をした。

「屋敷から飛び出されるとは、思いもしなかったのでしょうな。しかし、母御から離縁を知らされた奥方様は、さぞかし驚かれ、動揺されたのでしょう。寝間着のまま飛び出すなど、あの奥方様からは想像もできませぬ。して、高島殿はなんと申されました。筑前守様は、奥方様のお気持ちをくまれて、葉月家にお戻しになりますか」

竹内は首を横に振る。

「筑前守様は本日登城されておられるゆえ、どうなるかは、お戻りになるまで分からぬそうだ」

しばし沈黙が続き、寝所には暗い空気が漂った。

虎丸が言う。

「月姫に新しい縁談があるなら、それでよいではないか。なあ、伝八」

黙って控えていた伝八が、驚いた顔を上げる。

「え？　いやぁ、その」

どう答えてよいか分からぬ様子に、虎丸は笑みを浮かべ、竹内に言う。

「怒らず聞いてくれ。わたしは正直、身代わりが生涯ばれない気がしない。嘘はいつか必ずばれる。ばれたら、葉月家は終わりだ。御家を潰《つぶ》さぬためにも、一日も早く、跡継ぎを屋敷に入れてくれ。五色の血を引く者がだめだというなら、遠縁の者がいるだろう。亡き定光殿の母方の縁者に、相応しい者はいないか」

真顔で聞いていた竹内は、目を見て言う。

「五色四郎が出しゃばってくる限り、遠縁の者を養嗣《ようし》子《し》とすることは許されませぬ。何より、当家を疎んじている柳沢が大老格でいる限り、葉月定光の血を引く者しか、嗣子を認めないはず」

「どうして」

「若殿が子宝に恵まれなければ、葉月家が断絶となるからです」

「そこまでして、葉月家を潰したいのか」

「大殿諸大夫様は、病弱の若殿の夭折《ようせつ》を覚悟され、母方の従兄弟《いとこ》を養嗣子に望まれたことがございましたが、許されませんでした。理由は、五色四郎がいたこともありますが、それとは別に、柳沢が阻止したという噂もございます。柳沢はそれほどに、大殿を疎んじていたのです」

（そんな柳沢の思うようにはさせとうない。ということか）

虎丸はそう思ったが、口には出さなかった。

竹内が言う。

「たとえ偽りでも、今のあるじはそなた様。当主の血を引く者がおらねば、葉月家は断絶となるのです」

虎丸は何も言えなくなった。

竹内は膝を進め、両手をつく。

「乗った船は沈めん。あのお言葉は偽りか」

「いや……」

「ならば、このまま月姫様とのご縁がなくなりし時は、新たなご縁を結んでいただきます。よろしいですね」

身代わりを受けたからには、覚悟を決めるしかない。

虎丸は目をつむり、一つ息を吐いた。

「少々、弱気になっていたようだ。そなたの考えどおりにいたす」

竹内はうなずき、真顔で頭を下げた。

五

いっぽう、雲南藩上屋敷では、月姫が部屋に閉じ籠《こ》もったまま、食事も、人と会うことも拒んでいた。

「聞こえてくるのは、泣き声ばかりでございます」

高島は沈痛の面持ちで、筑前守とお圀に報告した。

筑前守がお圀を見ると、さすがに申しわけなさそうな顔をするかと思いきや、

「あの子はわたくしに似て明るい気性ですから、大丈夫です」

少し混乱しているだけだと、まったく後ろ向きには考えない。

筑前守は、縁談のことを口走ったお圀を責めることはせず、高島に言う。

「そっとしておいてやれ。腹が減ったら食べる」

高島は二人に両手をつき、今日のことを告げた。

「葉月の若殿様は一日歩き回り、姫様を捜されたそうです」

お圀が驚いた。

「まあ、お優しい」

「おっしゃるとおり、若殿様はたいそうお優しいお方でございます」

お圀が、何かに気付いたような顔をした。

「定光殿はまだ、奥へお渡りでなかったはず。にもかかわらず二人は、互いに想いを寄せているのですか」

「………」

「高島、どうなのです。はっきりおっしゃい」

高島は、月姫がこっそり垣根を越えて表の庭に行き、虎丸を隠れて見ていることを教えた。そして、自分も虎丸のことを認め、月姫のもとへ渡ってくる日を心待ちにしていた気持ちを、隠さず話した。

「姫様は、若殿を慕われてございます」

高島の言葉に、お圀は嬉しそうな面持ちで大きくうなずき、筑前守に顔を向けた。

「お前様、姫を葉月家に帰してやりましょう」

「おい、いきなり何を申すのだ？」

「婿殿のことを頼りないとお思いかもしれませぬが、今は泰平の世。将軍家も武芸より学問を重んじておられるのですから、よいではございませぬか」

だが筑前守は、陰鬱《いんうつ》な面持ちで首を縦に振らない。

長年連れ添った夫のこころ内が見えないお圀は、憂色《ゆうしょく》を浮かべる。

「お前様、いかがされたのです」

筑前守は、お圀に渋い顔を向けた。

「城からくだろうとしていた時、御大老格に呼び止められ、葉月家との縁をなかったことにするのはまことかと問われた。わしの家来たちが町中を捜し回っていたことが耳に届き、鎌をかけられたのだ。まったく、早耳にはおそれいる」

「それで、なんとお答えになったのです」

「むろん、そのようなことはないと申した。だが、とんでもないことを耳に入れられた」

「よくない話ですか」

筑前守がうなずく。

「五色四郎のしつこさは、単に恨み辛みではないように思える。武名高き葉月家も、先がないやもしれぬゆえ、今のうちに縁を切られたほうがよかろう。そうおっしゃったのだ」

お圀は、眉根を寄せた。

「御大老格様は、何をされるおつもりですか」

「問うても、近々分かるとおっしゃり教えてくださらなんだ」

「急ぎ、葉月の者に知らせたほうがよいのでは」

「それには及ばぬ。この際じゃ、しばし成り行きを見て、月のことを決めることとする。高島」

「はい」

顔を向けられ、高島は居住まいを正した。

「わしが許すまで、月を勝手に屋敷から出してはならぬ。よいな」

「かしこまりました」

「そなたも、頼むぞ」

筑前守に言われたお圀は、返事をしない。

「気に入らぬのか」

「定光殿に何かあれば、姫はどうなりましょうか。勝手に帰ろうとするほど慕っている気持ちを思うと、心配です」

「とにかく今は様子を見る。危ういと分かれば、ただちに離縁じゃ。月が傷つくようなことがあってはならぬ。今より、月の前で葉月家のことを口に出すな。よいな」

筑前守はそう言って奥御殿の部屋から出ると、表御殿に渡り、居室に一斎を呼んだ。

程なく顔を出した一斎を近くに寄らせ、険しい面持ちで声音を下げて言う。

「どうも、葉月家の雲行きが怪しい」

柳沢から言われたことをそのまま伝えると、一斎は薄い笑みを浮かべた。

「定光殿なら、乗り越えられましょう」

筑前守は目を見張った。

「怪しいというて戻ったのはお前だぞ」

「確かに申しましたが、御大老格が定光殿の本質を見抜かれた時にどうなされるか、見物かと」

思わぬ言葉に、筑前守は疑う目を向ける。

「さては一斎、定光を気に入ったな」

「ふっふっふ」

「どうなのだ。正直に申せ」

「爪を隠しているのは確かです」

「答えになっておらぬ」

「さよう。気に入っておりまする」

飄々《ひょうひょう》と言う一斎に、筑前守は満足そうな笑みを浮かべた。

「お前にそう言わせるとは、よほどのことよの」

「では、姫様のことは先延ばしにされますか」

「御大老格が何をたくらんでおるか分からぬが、婿殿がどう乗り切るか見るつもりだ」

一斎は微笑んだ。

「賢明かと存じます」

同じ時、常盤橋御門《ときわばしごもん》内の柳沢邸では、居室の廊下に、一人の男が現れた。

文机《ふづくえ》に向かい読み物をしていた柳沢は、閉じて膝を転じる。

廊下で片膝をついているのは、総髪で、右の頰に刀の傷痕《きずあと》があり、見るからに野蛮で盗賊風なのだが、中身はそうではない。

今年三十になった唐木《からき》一徳《いっとく》は、特徴となってしまった顔の傷のせいで役職を失っているが、元々は、主に港を持つ領主の不正を監視する役目を帯び、時には漁師、時には船乗りになりすまして潜入し、抜け荷などの不正を暴いていた公儀の隠密《おんみつ》。

天流《てんりゅう》を極め、鎖刀《くさりがたな》と棒手裏剣を得意とする。

柳沢は、そんな唐木の前に自ら歩み寄り、小判の包みを置いた。

「そなたに、やってもらいたいことがある」

唐木は顔を上げた。

「お役目ですか」

「そう思うてくれてよい。しばし役目を離れておったが、腕は鈍っておらぬか」

「日々鍛錬をしておりますゆえ。して、何を」

「その悪そうな面構えを生かし、川賊になりすまして荷船を襲え」

唐木は驚いた。

「金がほしいのですか」

柳沢は腹の底から笑った。唐木も遠慮なく笑う。

「久々に笑《わろ》うた」

「つまらぬことを申しました」

「よい。ところでそなた、船乗りのあいだで評判となっている、芸州虎丸を存じておるか」

「噂を耳にしております」

「かつて隠密をしていた頃、諸国の港で耳にしたのか」

「いえ、江戸に戻ってからにございます」

「そうか」

「その者が、何か」

「どうあっても、芸州虎丸の正体を知りたい。誰にも仕えず、わしが期待するとおりの者であれば、将軍家直参《じきさん》に推挙してもよいと考えておる」

唐木は、遠慮なく探る眼差しを向ける。

「それは、本心ですか」

柳沢は、薄い笑みを浮かべた。

「他意はない」

「では、仰せのままにいたしまする」

「芸州虎丸を見つける近道がある。本船町《ほんふなちょう》の武蔵屋《むさしや》の船を特に狙え」

「その根拠は」

「小太郎《こたろう》と申すあるじは、どうも何かを隠しておる」

「芸州虎丸は、覆面を着けた謎多き者。それゆえ、庶民から人気があるとも聞いております。そのような者と武蔵屋が、深い繋《つな》がりがあると……」

「そのとおりだ」

「承知しました。必ずや、正体を暴いてみせまする」

「期待しておるぞ」

「はは」

唐木は頭を下げ、柳沢の前から立ち去った。

横手の襖が開けられ、軍師の宗雪《しゅうせつ》が出てきた。

柳沢は振り向き、

「そなたか」

と言い、文机に戻った。

宗雪は柳沢の前に座し、目を細めて言う。

「筑前守は葉月定光を見限ったらしく、嫁がせていた月姫を葉月家の屋敷に戻しておらぬようです」

「知っておる」

宗雪は、目を細めた。

「お早いですな。して、どこまで探っておられます」

柳沢も目を細める。

「何が知りたいのだ」

「離縁を考えているのは、まことですか」

「はっきりそうと決めておるようではなかったが、城で揺さぶってやったゆえ、離縁の方向へ進むであろう」

「なんとおっしゃいましたのか」

「葉月家は先がないと言うてやった。わしの勘が外れておらねばの話だが」

宗雪は、先ほどまで唐木がいた廊下を一瞥し、柳沢に納得した顔を向けた。

「例の、芸州虎丸ですか」

「唐木ならば、必ず正体を突き止める。何者であるか、楽しみなことよ」

柳沢は狡猾《こうかつ》な相を現し、書物を開いた。

第二話　公儀の川賊

一

「お頭、このうっとうしい雨はどうにかなりませんかね、ずっと水の上にいると、身体にかびが生えちまいそうです」

後ろからの声に振り向いた武蔵屋小太郎は、しょうがない野郎だ、という笑みを唇に浮かべる。

「おい秀《ひで》、今降りはじめたばかりだろうが。それに相手は梅雨の雲だ、文句を言ったところで晴れやしねぇぞ。帰ったら旨《うま》い酒を飲ませてやるから、しっかり漕《こ》げ」

「旨い酒と聞いたら、こうしちゃいられねぇ」

漕ぐ手を早める秀の後ろに続く荷船に目を向けた小太郎は、ここまで何ごともなく帰れたことをありがたく思いつつ空を見上げ、雨に頬を打たれながら、江戸に着くまで大降りにならないことを願った。

小太郎たちは今、日本橋の油問屋、富浦屋《とみうらや》から請け負った菜種油を運び、中川口《なかがわぐち》の船番所による荷物検《あらた》めを終えて、小名木川《おなぎがわ》に入っていた。

この季節らしい、どんよりと陰鬱《いんうつ》な景色が広がる先に、雨に煙《けぶ》る江戸の町が見えてきたのは程なくのことだ。

「みんな、もうひと踏ん張り頼むぞ」

後ろに続く荷船に向かって大声をあげ、前を向いた小太郎は、こちらに向かってくる荷船がいることに気付いた。

「秀、舟が来る。左に寄れ」

「へい」

指図したとおりに舳先《へさき》が左に向き、雨で草が生き生きしている土手に寄る。

前から来るのは、空の荷船だ。三艘《そう》連なっているのは、江戸に荷を届けての帰りか。

やがて双方近づき、互いの顔が見える。

先頭の舟の舳先に立っている総髪の男が、にやついた顔を向けてきた。

気味の悪い野郎だと思いながら見ていた小太郎は、その者の顔から笑みが消えたことをいぶかしむ。

こいつ怪しい。

小太郎は警戒した。

「みんな！」

叫ぶのと、男が飛び移ってくるのが同時だった。

あ、と思い棒をにぎったが、何かで頭を打たれてしまい、舟の中に倒れた。すぐに起き上がろうとしたのだが、目の前が暗くなった。

「頭、お頭！」

呼ぶ声と、ゆすられたのとで目を開けた小太郎は、はっとして起き上がった。

濡《ぬ》れた草の葉が顔に当たり、手で払う。

何が起きたのか飲み込めたのは、自分が乗る荷船を見てからだ。

山と積んでいたはずの油壺《あぶらつぼ》がない。

起こしてくれた秀に言う。

「みんなはどうした！」

「無事で後ろにいますが、荷物は一つ残らずやられました」

後ろの荷船では、信《のぶ》や康《やす》、謙《けん》たちも目をさまし、

「ちくしょう！」

荷を縛っていた縄をつかんで船底へ投げ打ち、悔しがっている。

小太郎は大声をあげた。

「誰も怪我をしていないか！」

「みんな平気です！」

そう返した信の声に、小太郎は胸をなで下ろした。そして後ろの荷船に乗り移り、皆の無事を確かめ、賊のことを訊《き》いた。

「誰か、賊がどっちへ逃げたか見た者はいるか」

すると皆、悔しそうに首を横に振る。

謙が言う。

「頭が倒されたことに驚き、皆で賊を捕まえようとしたんですが、やけに強い野郎で、みんなあっという間に倒されたんです。残ったおれは、なんとか捕まえてやろうとしたんですが、このとおりで」

額に大きなこぶを作っていた。賊の仲間に棒で打たれ、気絶させられて目がさめた時には、賊は荷物と共に消えていたのだ。

小太郎はあたりを見回したが、他に舟は見えない。近くの土手を歩く人の姿もなく、三艘の武蔵屋の荷船が草茂る川岸に寄せられているのみで、不気味なほど静かだ。

　小太郎は、己の不甲斐《ふがい》なさに腹を立て、あぐらをかいた。

「油断したおれが馬鹿だった。くそったれ！」

　怒鳴ったところで、荷物は戻ってこない。楽しみに待っている富浦屋のことを思うと、気分がなえた。

「ここで悔しがっていても、どうしようもない。帰って詫《わ》びを入れにいく。秀、舟を出してくれ」

「その前に、中川の船番所に知らせましょう」

　信に言われて、それもそうだと思った小太郎は、引き返した。

　戻るあいだに舟が一艘も来ないので妙だと思っていると、番所では荷船の検めに手がかかっているらしく、江戸に向かう舟がたまっていた。

　手前の岸で荷船を下りた小太郎は、番所まで走った。

　中に入り、目についた役人を捕まえて、たった今川賊に襲われたと訴えたが、忙しそうにしていた役人は真剣に聞いてくれない。

「こっちが先だ」

そう言って、早くしてくれとうるさい荷船の船頭たちの対応に戻った。

小太郎は他の役人に訴えたが、対応したその者は、

「どちらに逃げたかも分からぬでは、こちらも探しようがない。荷はあきらめろ。江戸には後で知らせておく」

面倒くさそうに書き記し、荷のことで揉《も》めている同輩を手伝いに行ってしまった。

小太郎はため息をつき、追って来ていた秀に言う。

「時間の無駄だった。帰るぞ」

「くそ役人め」

「おい、声がでかい。聞かれれば牢屋《ろうや》にぶちこまれる。行くぞ」

「へい」

沈んだ声で応じた秀とともに舟に戻ると、待っていた者たちに、ここの役人は当てにならないと伝えて、舟を出した。

すっかり意気消沈し、大川の近くまで帰ったところで、

「おい武蔵屋、どうした！」

橋の上から声をかける者がいた。

見上げると、葉月家で船手方をしている高里歳三《たかさとしぞう》が見おろしていた。

「今にも川に沈みそうなほど暗い顔をして、何かあったのか」

小太郎は舟を止めさせた。

「大事な荷物を取られました」

高里は目をまん丸にした。

「まさか川賊か」

「そのまさかです。江戸にいなくなったと思って油断していたら、このざまです」

小太郎は、空っぽの荷船を手で示した。

高里は、決まりが悪そうな顔をして言葉もない様子だ。

「役目を解かれた葉月家の御家来衆に言っても、どうにもなりやせんね」

小太郎が半分当てこすりで言うと、高里は欄干を越え、舟に飛び降りてきた。

舟は大きく揺れたが、小太郎は腕組みをして立っている。

高里は、じっと見つめる小太郎に言う。

「聞き捨てならぬから、御家老に申し上げて、川賊改役に伝えてもらう。もっと詳しく教えろ」

「詳しくも何も、いきなりのことで……」

小太郎は、謙から聞いたことをそのまま話した。

すると高里は、

「中川の船番所に気付かれず奪うとは、なんとも、やりおるな」

と、感心するので、短気な秀が怒気を浮かべた。

「感心してやがる」

「おい秀、口を慎め」

小太郎に叱られた秀は不服そうだ。

「お頭、役人なんざ頼らなくても、虎丸様が来なすったら、憎い川賊野郎をたたきのめしてくれますよ」

小太郎は秀に、不機嫌な顔を向ける。

「その肝心のお人は、ちっとも顔を見せないだろうがよ」

「そりゃぁ、江戸に川賊が出なくなったからです。でも、お頭が襲われたと知れば、来てくださいますよ」

「そいつはどうかな。高里の旦那《だんな》、お願いできますか」

「まかせておけ。今聞いたことを御家老に話して、川賊改役に動いてもらう」

引き受けてくれたことに安堵した小太郎は、秀に家路を急がせた。

江戸の川は、今日も行き交う荷船で混雑し、船着き場はどこもにぎわっている。

空の荷船に乗る小太郎は、活気のある景色を沈んだ気分で見つめ、何度もため息をついた。

見知った船乗りが、小太郎に気付いて明るい顔で手を上げ、

「雨がやんでよかったな」

声をかけてきた。

あぐらをかいていた小太郎は立ち上がり、

「川賊に襲われた。お前たちも気を付けろ」

教えると、その者は驚き、どこでやられたか訊いてきた。

舟を止めずに、小名木川の場所を教えると、

「そっちにはいく用事がねぇから大丈夫だ」

と、返答が返ってきた。

「それならよかった」

苛立《いらだ》ちを隠して応じた小太郎は、前を向いてあぐらをかき、腕組みをした。

「まるで人ごとだ。江戸じゃ出ないと思ってやがる」

すっかり安心しきっている船乗りに不機嫌な顔を向け、高里に言う。

「近頃大川でも、お役人の舟が減っていますね」

すると高里は、川を見ながら言う。

「しばらく川賊が現れぬから、見《み》廻《まわ》りをする人手を減らしたと聞いた。我らも今は、舟を磨くばかりの毎日だ」

「そいつは、宝の持ち腐れってやつですね」

「頭が言うとおりだ。川賊退治の奉書が届いた時のために手入れをしているが、果たして来るかどうか。何せ葉月家は今、それどころではないからな」

「何かあったので？」

「まあ、いろいろあるのだ。おそらく、御公儀から川賊退治の奉書は届くまい」

そう言っているあいだに、舟は武蔵屋に着いた。

船着き場に上がった高里は、小太郎に言う。

「川賊改役に伝えてもらうが、くれぐれも、用心してくれ」

「役人を当てにするなってことですか」

「そうまでは言わぬが、お前たちを襲ったのはかなりの遣い手とみた。川賊改役が手こずるかもしれぬから、用心棒を雇うなりして、自分の身を守ってくれ」

「分かりやした。考えておきます」

頭を下げる小太郎に見送られて、高里は葉月家の屋敷の方へ向かっていった。

二

「と、いうわけでございます」

高里から話を聞いた竹内は、同座している五郎兵衛に真顔を向けた。

「江戸の川に現れれば、また役目を命じられるかもしれぬな」

五郎兵衛は、不安そうな顔でうなずく。

「賊が来ないことを願います」

「小名木川は川賊改役の持ち場ゆえ、これからお伝えいたそう。高里、ご苦労だった。念のため、下屋敷の者たちにも伝えてくれ」

「奉書が来ましょうか」

「そうならぬために鬼塚《おにづか》殿に知らせるが、万が一に備えてくれ」

「はは」

「五郎兵衛、若殿を頼むぞ」

外に出すなという意味で釘《くぎ》を刺した竹内は、川賊改役頭、鬼塚九郎《くろう》に会いに出かけた。

急なことなので留守を覚悟で鉄砲洲《てっぽうず》の役宅を訪ねると、折よく鬼塚は在宅だった。近頃は江戸に川賊が出ていないため、川の見廻りはしているものの厳しくしている風ではない。この日も外には出ず、屋敷内で配下と剣術の稽古《けいこ》をしていたようだ。客間で待っている竹内の前に現れた鬼塚は着流しの前をはだけ、暑そうな顔をしている。

「待たせてすまん。汗を拭《ふ》いておったのだ」

扇であおぎながら上座に座る鬼塚に、竹内は真顔で両手をつき、突然の訪問を詫びた。

「急ぎお知らせしたき儀がござり、まかりこしました」

鬼塚は扇を閉じ、表情を厳しくした。

「なんだつまらん。酒を飲みにまいったのではないのか。何があった」

「武蔵屋の荷船が、川賊らしき者どもに襲われ、荷を奪われました」

「何！　どこでだ」

「小名木川です。中川の船番所を出て程なくだと聞いております」

鬼塚は腕組みをして考えた。そして、竹内に言う。

「想像するに、おそらく襲われたのは、土手の雑木や背高の葦《あし》などが邪魔をして、番所からは見えにくい場所だな」

「その場所をご存じですか」

「うむ。何度か中川の船番所に行ったことがある。わしが賊ならば、そのあたりで狙う。江戸から川賊がいなくなったと思っていたが、また出はじめたか。今日はよう知らせてくれた」

鬼塚は配下を呼び、川賊が出たことを告げ、警戒を強めるよう命じると共に、探索をはじめさせた。

配下が慌ただしく下がるのを見送った鬼塚は、竹内に言う。

「武蔵屋と直《じか》に話したか」

「いえ。配下から又聞きにございます」

「では、武蔵屋のあるじを呼び、今一度子細を確かめよう。そちも共に聞くか。公儀から川賊退治を命じられるかもしれぬぞ」

「お供しますが、ここは武蔵屋よりも、荷主の富浦屋を呼ばれたほうがよろしいかと」

鬼塚が不思議そうな顔をした。

「何ゆえだ」

「賊は、奪った荷を売り払うはず。油問屋に問えば、盗品を扱う者のことが聞けるかもしれませぬ」

鬼塚はうなずく。

「そうだな。よし」

配下に急ぎ富浦屋に行けと命じた。

一刻《いっとき》（約二時間）もあれば来るだろうということになり、竹内は待たせてもらった。

さすがに酒を飲もうと誘わぬ鬼塚は、躊躇《ためら》いがちに訊いてきた。

「定光殿は息災か」

「はい。変わりなく」

「そうか」

ちらと向ける眼差《まなざ》しが気になった竹内は、確かめずにはいられない。

「当家のことを、何か聞いておられますか」

すると鬼塚は、笑みを浮かべた。

「上様から陣羽織を下賜《かし》されたと聞いた。めでたいことだな」

「おそれいりまする」

「次はいよいよ、上様のおそばに召し出されよう。そうなれば、わしの与力をせよとは言われまい。そなたとも、こうして顔を合わせることがなくなる。今ふと、そう思うたのだ」

毒を盛られたことや、離縁の危機のことを訊かれるかと身構えていた竹内は、胸の内で安堵《あんど》していたものの、顔には出さない。

「若殿がお城勤めをすることは、おそらくないかと」

「何ゆえじゃ」

柳沢が毛嫌いしている、と言えるはずもなく、

「若殿は長らく病床に臥《ふ》しておられ、将軍家のおそばに仕えるほどの教養が備わっておりませぬ」

そうはぐらかした。

虎丸が本丸に仕えることとなれば、葉月家はますます危うくなる。

そのためにも、あってはならぬこと。

竹内の嘘を見抜けぬ鬼塚は、

「そちは厳しいな」

と笑い、以後は定光のことを言わなかった。

富浦屋のあるじが来たのは、それから一刻が過ぎようという頃だった。雨は落ちていないが雲が垂れ込め、薄暗い夕方だ。

鬼塚は、吟味をする場である屋内の板の間に竹内を誘《いざな》った。

部屋には灯明があり、富浦屋は、三和土《たたき》に敷かれた筵《むしろ》に不安そうな顔で正座していた。

さばけている鬼塚は、そんなところにいないで遠慮せず上がれと言ったが、神妙な態度の富浦屋は、おそれおおございます、と言って動かなかった。

そこで鬼塚は上がり框《がまち》まで行って正座し、まずは荷を奪われたことを知っているか確かめた。

「はい。存じております」

富浦屋はそう答え、小太郎に怒っている風ではなく、命があったことを喜んでいた。油はまた手に入るが、人の命は取り戻せないというのだ。

人相そのままに優しい富浦屋に感心した鬼塚は、奪った油を買い取る店を知っているか問うたが、それらしい店を突き止めるにはいたらなかった。

黙って見ていた竹内が、鬼塚に許しを得て富浦屋に問う。

「油壺には、目印になるものがあるのか」

「ございます。奪われた油壺には、富浦屋の富の字が入っております。手前どもは盗品を買い取る店を知りませんが、必ずどこかで売るはずですから、出入りの油屋に、壺を見たら教えてくれるよう頼みました」

鬼塚はうなずく。

「それはよい考えだ。我らも探すが、何か分かればすぐ知らせてくれ。わざわざご苦労だった」

「ははあ」

富浦屋は両手をついて頭を下げた後に立ち上がり、草履を履いて出ていった。

戸が閉められると、鬼塚は竹内に向き、ふっと息を吐く。

「おぬしを引き止めた甲斐がなかったな」

「いえ」

「富浦屋は優しい男だが、言葉の端々に悔しさが滲《にじ》んでおったな」

「生きる糧を奪われたのですから、当然かと」

「あの者のためにも、江戸中の油屋を検めるといたそう。どうだ、今日はもう日が暮れたことだし、明日から励むためにも一杯やるか」

「では、少しだけお供いたします」

竹内は誘いに応じて、酒を酌み交わした。

少しのつもりが、鬼塚にたっぷり飲まされて酔い潰《つぶ》れ、気付けば朝になっていた。

はっと目をさました竹内は、見知らぬ部屋で布団の上にいる己に驚き、浴衣《ゆかた》を着ていることに二度驚いた。

振り向けば、枕元に着物が畳んで置かれ、大小の刀が揃えられている。

山水の墨絵が見事な襖《ふすま》を見る余裕もなく、明るくなっている外障子を開けようと立ち上がった時、人影が映った。女の姿に、竹内は慌てて正座した。

「失礼いたします」

声をかけられ、返事をすると、すぐに開けられた。

二十代と思《おぼ》しき美しい女は、武家ではなく町人。

にこやかな顔を見て、ここが役宅に近い料理屋だと思い出した。

酒を酌み交わしはじめてすぐ、この店に行こうと誘われたのだった。

「女将《おかみ》、鬼塚殿は」

「朝餉《あさげ》を共にと、別室でお待ちにございます」

呼びに来ていたのだ。

竹内は女将の手を借りて着替え、案内に従って鬼塚が待つ座敷に行くため部屋を出た。

打ち水がしてある中庭は、苔《こけ》の付いた石が風情をかもし出している。磨き抜かれた廊下を歩み、女将が示す座敷に入ると、鬼塚が膳《ぜん》の前に座っていた。

「お待たせいたしました」

詫びる竹内の顔を見るなり、鬼塚が含んだ笑みを浮かべた。

竹内はその顔を見て、ぞっとした。

向き合って座し、恐る恐る訊く。

「昨夜《ゆうべ》、わたしは何か言いましたか」

鬼塚が愉快そうな顔を突き出す。

「たとえばどんなことだ？」

「我が殿のことにございます」

すると鬼塚は笑みを消し、とぼけた面持ちの顔を引く。

「いいや」

「さようでございましたか。何せ、覚えておらぬもので」

「よう笑《わろ》うておったぞ。のう女将」

「はい。お一人で」

竹内はぎくりとした。

「一人で?」

「はい」

まったく思い出せぬ竹内は、鬼塚を見た。

「まことに、若殿のことを申しておりませぬか」

鬼塚は飯を食べようとしていた箸《はし》を止め、茶碗《ちゃわん》を持ったまま探る目を向けた。

「何を気にしている。聞かれてはまずいことでも胸に秘めておるのか」

「いえ、そういうわけでは」

「昨夜は、おぬしが底抜けに明るい気性だというのが分かった。酒は、本性を出すと申すからな。実に、愉快であったぞ」

竹内は額から流れた汗を拭き、女将がよそってくれた飯の茶碗を受け取った。

「また是非お越しください」

女将がそっと膝《ひざ》に触れて言ったが、竹内は何も答えず、鬼塚を見て飯を食べた。

鬼塚は何ごともなかったかのように、昨夜のことを含め、しゃべらず飯を食べている。

そして早々と終え、箸を置いた鬼塚は、

「川賊探索があるゆえ先に出る。また飲もうぞ、竹内殿」

そう言うと立ち上がり、部屋から出ていった。

遅れて料理屋を出た竹内は、見送る女将に礼を言い、止まらぬ汗を拭きながら屋敷に帰った。


「似てこられましたな。若殿に……」

顔を見るなり言うのは五郎兵衛だ。

「鬼塚殿と、今まで川賊の探索をしておられましたか」

無断で朝帰りなどこれまでなかった竹内だけに、料理屋で酒を飲んでいたとは思いもよらない様子だ。

酔い潰れて寝ていたことなど口が裂けても言えぬ竹内は、そういうことにしておき、うなずいた。

「鬼塚殿が必ず捕らえてくださろう。若殿は、何をしておられる」

「朝餉をすまされ、寝所の庭先で身体を鍛えておられます」

いつもと変わらぬ様子に、竹内は安堵してうなずく。

「川賊と武蔵屋のことを話したか」

「いいえ」

「では、そなたとわたしだけの胸にとどめておこう」

「そうおっしゃると思い、黙っておりました」

「それでよい。武蔵屋が襲われたと知れば、見境なく助けに行かれるだろうからな」

「心配になってきました。若殿の様子を見てまいります」

立ち去る五郎兵衛を目で追った竹内は、文机《ふづくえ》に向かい、家老の務めをはじめた。

三

川賊が捕まえられたという知らせがないまま、半月が過ぎた。

不安が増す中、武蔵屋小太郎は今日も舟仕事に勤《いそ》しんでいる。

梅雨はまだ明けていないが、うだるような暑さだ。川面《かわも》に照り返す日の光にまぶしそうな顔をしながらも、警戒を怠らない。

小太郎の目に映っているのは、永代橋《えいたいばし》だ。

西国から届いた荷を受け取り、浅草《あさくさ》の商家へ運んでいる。

すれ違う荷船に知った顔を見れば手を上げてあいさつし、怪しい舟がいないか、大声で情報を交わした。

今のところ川賊らしき舟は出ていないというので、一安心だ。

舟を漕いでいる秀に振り向く。

「川賊改役の舟を見たか」

艪《ろ》を漕ぐ手を休めず、秀が首を横に振る。

「一艘も見ていません。そもそも、出ているんですかね。この大川じゃ出ないとふんで、小名木川あたりにいるんじゃないですか」

「だといいがな」

言いつつ警戒を怠らず、浅草に荷を送り届けて今日の仕事を無事終えられた。安心し、程よい疲れを感じながら武蔵屋に帰り、船着き場に滑り込んだ舟から降りた。

他の地へ仕事に行っていた荷船も続々と戻り、船着き場に上がる奉公人たちの無事を確かめていると、

「旦那様！」

岸から声がした。

見ると、番頭の清兵衛《せいべえ》が石段を下り、五人の船乗りが後に続いている。

その者たちの暗い顔を見て、小太郎は胸騒ぎがした。

「どうした。何かあったのか」

すると清兵衛は、悔しそうな顔で言う。

「やられました。谷田屋《たにたや》の醤油《しょうゆ》がそっくり、川賊に取られました」

「何！」

請けていた樽《たる》の数は少ないが、将軍家に献上をしたこともある貴重な醤油だけに、小太郎は焦った。何より船乗りたちを案じ、清兵衛をどかせて彼らに歩み寄る。

「お前たち、怪我は」

五人は揃って首を横に振った。

「頭や腹を棒で打たれて気を失いましたが、軽い怪我ですみました」

船頭の言葉に安堵した小太郎は、無性に腹が立ってきた。

「野郎、武蔵屋ばかりを狙ってやがるのか」

すると清兵衛が言う。

「いいえ、御同業の舟も襲われたそうです。今日噂を耳にしたもので心配していたのですが、まさか、よりによって谷田屋の醤油が狙われるとは……。谷田屋の主人はたいそう短気なお方ですから、二度と仕事がもらえないかもしれません」

「谷田屋だけじゃない。ひと月のあいだに二度も荷を奪われたのが広まれば、他の仕事も失うかもしれねぇぞ」

「確かに。どうしましょう」

「そうならないためにも、一刻も早く捕まえてもらわなきゃ困る。おいみんな、早船を出してくれ」

小太郎は自慢の早船で大川を渡り、葉月家の下屋敷に向かった。

門番に武蔵屋小太郎と告げ、高里に会いたいと願った。

門前で待たされること程なく、出てきた高里に頭を下げる。

「川賊のことですが、御家老様は改役にお伝えくだすったのでしょうか」

「なんだ怖い顔して」

「今日またやられたもので、どうなっているか知りたくなりましてね、ご無礼を承知で押しかけやした」

高里は太い眉《まゆ》を寄せた。

「また出たのか」

「ええ。まったく参りましたよ。このままじゃ、仕事の依頼がこなくなっちまいます。おまんまが食えなくなりますよ」

「用心棒を雇わなかったのか」

「手広くやらせていただいてますんで、すべての舟に乗せるというわけにはいきませんでしょう。頼みはお役人しかいらっしゃらないもので、伝わっているか心配になりましてね」

腹の据わっている小太郎だ。高里を前にしても、媚《こ》びた物言いはしない。

じっと目を見られて、高里はそらした。

「確かに御家老には伝えた。そこから先がどうなったか、明日にでも屋敷に行って確かめてみよう。今日のところは、これで勘弁してくれ」

「なんなら、手前が直に川賊改役に知らせますが」

「待て。それでは御家老に角が立つ。ここはまかせてくれ。明日必ずうかがって、おぬしにも知らせにまいる」

「そうですか。分かりやした。お手数をおかけしますが、よろしく頼みます」

膝に手を置いて頭を下げた小太郎は、家路についた。

船着き場で待っていた早船に乗ると、小太郎が右腕と頼る信が訊いてきた。

「どうでした？」

「明日分かる」

「明日ですか」

「不服だろうが、一度おすがりしたからには、待つしかない」

「はい」

秀が不服顔で吐き捨てた。

「まったく、役人はこれだ。虎丸様はいったい、どこで何をされているんですかねぇ」

「おい秀、それを言うな。こうなったら、自分の身は自分で守るしかない。信、明日からは人を増やす。用心棒も雇うことにするから、帰ったら清兵衛と相談して、口入れ屋へ行ってくれ」

「分かりました」

応じる信の前で、秀がまた口を挟む。

「舟に慣れたお侍が、すぐ見つかればいいですがね」

「とにかく今は、できることをやる。舟を出せ」

六人漕ぎの早船は船着き場を離れ、夕暮れ時の大川を滑るように走り、武蔵屋へと帰っていった。

四

この日虎丸は、まばゆい朝日の下で池の鯉を眺め、暇をつぶしていた。

餌をほうってやると、色とりどりの鯉たちが群がり、水面《みなも》が泡立つ。

ぬしの黒鯉は、つぼみが膨らみを増している蓮《はす》の下にじっとしていて、他の鯉たちが去るのを待っているようだ。

餌を食べ尽くした鯉たちが水中に戻っていくと、ぬしが悠々と泳ぎはじめ、虎丸の足下に来た。

しゃがんだ虎丸は、餌を持った手を水に浸《つ》けた。

すると、ぬしは近づき、手から餌を食べた。

初めてのことに、虎丸は自然と頬がゆるむ。

「まだいるか？」

ひとつつまんで浸けると、ぬしは大きな口に吸い込んだ。

「よう食べて、長生きしんさいよ」

小声で気兼ねなく芸州弁で語りかけた。

月姫がいなくなってからは、庭の築山《つきやま》に気配を感じることがなくなっている。

あれは月姫だったのだろうか。いや、高島だったのかもしれないと思い、芸州弁を聞かれるところだったと、今になって肝が冷えた。

月姫のことを考えると同時に、先ほど揃って出かけた竹内と五郎兵衛のことが気になった。

「あの二人は、なんの用で呼び出されたんじゃろうのう」

ぬしに訊いてみても返事が返るはずもなく、餌をほしがって顔を出すのを見て苦笑いを浮かべる。

口に餌を入れてやり、筑前守に呼ばれて雲南藩の上屋敷へ出向いた二人のことを考えていた。

「いよいよ、離縁を告げられるか。それでええよの。そう思うじゃろう」

ぬしではなく自分に言い聞かせていると、背後で足音がした。

振り向くと、歩み寄っていた伝八が片膝をつく。

「若殿、高里歳三が目通りを願《ねご》うております」

「高里が？　珍しいな」

「御家老に用があったそうですが、あいにく出かけていると申しますと、是非とも若殿のお耳に入れたき儀があると申しますもので何かと問いましたところ、思うところあり、顔を見て話したいと引きませぬ。追い返すのもどうかと思い、お耳に入れました」

「会……」

「分かりました。会われぬと伝えて帰らせます」

「まだ何も言うていないぞ」

「こちらを見ておりますので、一応、おうかがいを立てる形を作っただけにございます。ごめん」

伝八が言うとおり、表御殿の角に高里らしき姿がある。

行こうとした伝八に、虎丸が言う。

「会わせる気がないのにどうして入れたのだ」

「急ぎだと申して強引に上がったのです」

「見ているのだから会うぞ。ここで帰らせれば、不審に思うだけだ。高里！　まいれ！」

虎丸が大声をあげると、高里は遠くで頭を下げた。

伝八が困り顔をして、あきらめたような息を吐いた。

「分かりました。では、こちらからお上がりください。書院の間に通します」

庭の縁側から上がった虎丸は、書院の間には入らず、濡れ縁に座して庭を眺めながら待った。

廊下からの足音に顔を向けると、伝八の後に続いていた高里が片膝をつき、頭を下げた。

「ご尊顔を拝し恐悦至極に存じまする。急に申しわけございませぬ」

「よい。何かあったのか」

「はっ。本日は、川賊から武蔵屋を守ってやりたく思い、お願いに上がりました」

虎丸は驚き、立ち上がった。

「武蔵屋は川賊に狙われているのか」

「そうとしか思えませぬ。ここ半月で、二度も襲われております」

そういうことか、と思い伝八を見ると、ばつが悪そうな顔でうなずく。

虎丸は高里に顔を向けた。

「竹内は、このことを知っているのか」

「ご存じです。一度目に襲われた半月前、川賊改役に知らせていただくよう、お頼み申しました」

「詳しく教えてくれ」

食いつく虎丸に伝八は焦ったようだが、そのわけを知らぬ高里は膝をすすめて近づき、懇願する顔ですべてを明かした。

話を聞いた虎丸は、竹内が耳に入れないはずだと理解した。恩人のために今すぐにでも駆け付けたい気持ちになることは、分かり切ったことだからだ。

浮かぬ顔をする虎丸に、高里が言う。

「武蔵屋に的をしぼって狙《ねろ》うているように思えます。その者どもから恨みを買っているなら、また襲われましょう。用心棒を雇っておりませぬから、守ってやりとうございます。船を出したいとは申しませぬ。どうか、武蔵屋の荷船に乗ることをお許しください」

柳沢の罠《わな》だとは考えもしない虎丸は、これまで武蔵屋と共に捕らえた川賊に生き残りの仲間がいて、ここにきて仕返しをしているに違いないと思い込んでいる。

虎丸は、高里に言う。

「そなたの願いを聞いてやりたいところだが、公儀から川賊退治の奉書が届いた時、いてくれなくては困る。ここは辛抱してくれ」

「しかし、今のままでは武蔵屋が危のうございます」

引かない高里に、虎丸はうなずく。

「助けたい気持ちはよく分かった。竹内には、川賊探索の状況を確かめるよう、わたしから申し伝えておこう。川賊改役が賊の影すらもつかめていないようなら、おそらく公儀から奉書が出よう。それまでは動くな」

高里は落胆した様子で頭を下げた。

「承知いたしました」

「船をいつでも出せるよう、支度をして待て」

「はは」

高里はもう一度頭を下げ、立ち上がった。

見送りに行く伝八が廊下の角を曲がるのを見ていた虎丸は、走って寝所に戻った。

一人で納戸に入り、水色の小袖《こそで》と袴《はかま》に着替えていると、居室のほうから自分を探す伝八の声がした。

急いで着替えをすませて出ると、廊下で伝八と鉢合わせた。

察した伝八が、目を見張る。

「武蔵屋へ行くつもりならおやめください」

「恩人が困っているのを放っちゃおけん」

行く手を塞《ふさ》ごうとする伝八をすり抜け、庭に出るため廊下を走った。

「若殿、いけませぬ。どうかお待ちを」

「すまん伝八。見んかったことにしてくれ」

庭に飛び降りた虎丸は築山に走り、頭巾《ずきん》を被《かぶ》って松の木に登り、枝から塀に飛び移った。下に人がいないのを確かめ、路地に飛び降りて走る。

追ってきていた伝八は、思いもしない場所から出た虎丸に驚き、

「いつの間にこんな出口を……」

見つけていたのか、という言葉を飲み込み、虎丸が登った松の木を見上げている。

追うため、虎丸がしたように枝をつかもうとしたが、手が届くほどの跳躍力がない。

尻餅《しりもち》をつき、あたりを見たが適当な木が見つからなかった。

武蔵屋に行くべきか考えた伝八は、芸州虎丸と葉月家の者が関わってはならぬと思い、竹内たちが帰るのを待つことにした。

町中に出た虎丸は、比較的人が少ない裏路地を選んで走り、武蔵屋に到着した。

変わらず立派な間口の前に立ち、一応、こちらを見張る者がいないことを確かめてから入った。

店の中に人気はなく、昼食の支度でもしているのか、出汁《だし》の香りが漂っている。

誰もいない板の間に向かって声をかけると、

「頭はおるか」

「はぁい」

土間の奥から声がして、小太郎の妹が出てきた。

赤い小袖に白い襷《たすき》をかけているおみつは、虎丸を見るなり小走りで近づいた。

「今日までどこに行ってたんですか」

涙声のおみつは、目を潤ませている。

女の涙に弱い虎丸は、たじろいだ。

「いろいろ忙しかったのだ」

おみつは不思議そうな顔をした。

「ほんとうに、虎丸様ですか」

虎丸ははっとした。ここでは若殿言葉を出してはいけないと思い、気持ちを切り替える。

「何ようるん。わしじゃがの。それより、川賊に襲われたそうじゃの」

おみつは目尻を拭《ぬぐ》い、うなずいた。

「なんで泣くん。頭にまた何かあったんか」

おみつは頭《かぶり》を振り、

「虎丸様を見たらほっとして、涙がこぼれたんです」

笑って見せた。

ほっとした虎丸は、改めて訊く。

「小太郎に会わせてくれ。どこにおるん」

「船着き場にいます。今呼んできますね」

「いや、忙しいじゃろうけわしが行く。これを」

懐紙を差し出すと、おみつは笑顔で受け取り、目尻を拭った。

虎丸は三和土を歩いて店の奥に行き、外に出た。

荷船を出そうとしていた小太郎がこちらに気付き、

「虎丸様！」

大声をあげて石段を駆け上がってきた。

「頭、噂を聞いてきた。災難だったのう」

小太郎は笑みを消し、悔しそうに言う。

「まったく腹の立つことですよ。賊もそうですが、油断していた自分に腹が立つ。

また来やがったら、次こそ捕まえてやろうと思って、備えをしていたところです」

「備えとはなんや。刀か」

「まさか。寄り棒や刺叉《さすまた》ですよ」

「小太郎らしゅうもない、気がついたら船が空になっとったそうじゃのう」

「まったく恥ずかしい話です」

「それほどの相手に用心棒なしじゃ、心細いじゃろう。出るならわしを乗せてくれ」

小太郎は期待を込めた顔をした。

「乗ってくださるので？」

「おう。頭を襲ったことを後悔さしちゃる」

「おいみんな、虎丸様が乗ってくださるぞ」

小太郎が大声で知らせると、支度をしていた者たちが手を止め、喜びの声をあげた。

虎丸が手を上げて応じていると、小太郎が言う。

「これから、大事な荷を受け取りに鉄砲洲の沖まで行きます。乗ってください」

「分かった」

石段を下りる小太郎に続いて行き、荷船に乗った。荷船はすぐさま船着き場を離れ、堀川を進んでいく。

虎丸は舳先に立ち、久しぶりに当たる川風に身震いした。武者震いである。芸州正高《まさたか》の小太刀を仕込んでいる大刀の鞘《さや》をつかみ、やはり船はよいと思う虎丸であるが、口には出さない。

じっと前を見つめ、頭巾の下に隠す顔には、薄笑いを浮かべている。

船はやがて霊岸島新堀《れいがんじましんぼり》から大川に出て右に曲がり、永代橋を背にして江戸湾を目指した。

海風が吹き、小袖の裾《すそ》を揺らす。

大川の広さは、尾道水道を思い出させる。潮の香りを嗅《か》ぐと、どうしても尾道にいた頃のことが頭に浮かぶ。

亀婆の皺《しわ》深い顔や、今思えば大黒《だいこく》様のような姿をしている天亀屋《てんかめや》治兵衛《じへえ》と、佐治《さじ》の顔も浮かぶ。

(みんな、まめで暮らしょうるかの)

遠い昔のように感じる虎丸は、急に寂《さみ》しくなった。

気を紛らわせようと思い江戸の町へ顔を向け、葉月家の皆のことを想う。

武蔵屋を助けに来たことを竹内が知れば腹を立てるだろうが、川賊に狙われる恩人を黙って見ていることはできない。まして、前に捕らえた川賊の仲間の仕返しとなると、なおさらだ。

　そう決めつける虎丸は、小太郎たちが江戸湾に浮かぶ千石船から荷物を受け取るあいだも警戒を怠ることなく、近づく船は特に目を離さなかった。

　やがて千石船を離れた三艘の荷船は一ヵ所に集まって並び、大川に戻る前に休息を取った。

　小太郎が虎丸に言う。

「これからが勝負です。こう言っちゃなんですが、今日は川賊が出てくれるといいんですがね」

　虎丸は笑った。

「大事な荷物を届けるのが先じゃろう」

「ええ、もちろんそれはそうですが、虎丸様がいる時に来なきゃ、捕らえられませんからね。なあみんな」

　小太郎の声に皆が応じ、白むすびを食べていた秀が立ち上がった。

「出てくれなきゃいけませんよ。この前の借りを返さなきゃいけねぇですから」

　勇んで言い、白むすびをほおばる秀を見て、小太郎が笑った。

「腹が減ってはいくさができねぇからな。しっかり食べろ」

「へい」

「虎丸様も、食べてくださいよ」

小太郎にすすめられ、ひとつ取って食べた。

皆のためにおみつが作ったという白むすびは、塩がきいて旨い。

小太郎は、久々に現れた虎丸に対し、今まで何をしていたのか、どこにいたのかなど、細かいことを一切訊かなかった。

無関心ではなく、訊くのは野暮だと、思っているのだ。

腹ごしらえを終えて大川を目指しはじめた小太郎たちは、次第に口数が減り、緊張が伝わってきた。

これまでにない雰囲気に、虎丸も気を引き締める。

大川に近づいた頃、海を警戒していた虎丸の目に、こちらに向かってくる早船が映った。

気のせいかもしれないと思いながら注視していると、船底に伏せていたと思しき者たちが頭をもたげた。その数は六つ。漕ぎ手となり、船足を増して追ってくる。

「頭！　怪しいのが来ょうるで《きているぞ》」

虎丸が目を離さず言うと、小太郎が振り向いた。

「固まって守った方がええけ、他の荷船を横に並ばせてくれ」

虎丸に応じた小太郎が、後方の二艘に手を上げ、横に並べと合図した。

船足を速めて左右に並んだ荷船に乗る者たちは、艪を寄り棒に持ち替えて待ち構えた。

迫る早船の舳先にいる者は、裁《た》っ着《つ》け袴を着け、小袖はだらしない着こなしで、見るからに賊。

虎丸が見知らぬこの者は、唐木一徳だ。

さらに近づいてきた早船は、待ち構える小太郎たちを観察するように、周囲を回りはじめた。

川賊と思い込んでいる虎丸が、小太郎に訊く。

「前に襲うたんは、こいつらか」

「ええ、忘れもしやせん。野郎です」

指差す唐木は、分銅《ふんどう》が付いている鎖刀を持ち、こちらに鋭い目を向けている。

やがて、早船は止まった。

「芸州虎丸か」

鎖刀を持った唐木に問われ、

「おう。だったらなんや」

答えると、唐木は白い歯を見せて笑った。

「大人しく従ってもらおう」

「誰やお前」

「それは後で教える。悪い話ではないゆえ、こちらに来られよ」

虎丸は睨《にら》んだ。

「名乗りもせんもん《者》に従う馬鹿がおるか」

言うなり船縁《ふなべり》を蹴《け》って飛び、小太刀を抜いて乗り移った。

いきなりのことに驚いた唐木は、舳先から飛びすさった。

唐木の配下がかわって取り押さえにかかったが、虎丸は胸を蹴って舟から落とした。

小太刀を両手に構える虎丸の気迫に、他の配下たちは刀に手をかけた。

「待て！」

唐木が大声をあげ、

「お前たちに敵《かな》う相手ではない」

そう言うと、自ら刀を置いた。

配下たちが従って刀を置くのを見て、虎丸は唐木を睨む。

「降参するんか」

「いかにも。奪った荷物もすべてお返しするから、落ちた者を助けてもよろしいか。このままでは溺《おぼ》れ死んでしまう」

水面に見え隠れしている配下を一瞥《いちべつ》した虎丸は、唐木を睨みながら言う。

「頭、荷物を返すようるけ、助けちゃれ《てやれ》」

小太郎は応じて、溺れそうな配下に縄を投げ、つかんだのを見て引き寄せた。

虎丸は唐木に言う。

「罠じゃなかろうのう」

警戒する虎丸に、唐木は片膝をついた。

「誓って、嘘ではござらぬ。これより荷物の隠し場所に案内いたす。それを証《あかし》としてくだされ。もう一度申すが、おぬしにとって、悪い話ではないのだ」

だが虎丸は、警戒を解かぬ。

「頭、こいつらに縄を」

「おう」

小太郎が秀たちと飛び乗ってきて、配下たちを縄で縛った。

虎丸が唐木に言う。

「ほんまに荷物はあるんじゃろうのう」

「嘘ではない。手つかずのままお返しいたす」

観念している様子だが、虎丸はまだ警戒をゆるめない。

「悪い話じゃない言うたが、なんや。ここで言うてみい」

「それはできぬ。荷物を置いている場に来てくだされば、そこでお話しいたす」

どうするか考える虎丸に、配下を縛り終えた小太郎が歩み寄る。

「自分たちは気絶させられただけで傷を負わされていませんから、こいつはどうも、狙いは虎丸様かもしれませんよ」

「どうも信用できん」

虎丸の声が聞こえた唐木は、ため息をついた。

「それはなんとも残念至極。貴殿にとっては願ってもない話と思うたが、仕方ない。この話はなかったことに。さ、川賊改役にでもなんでもよいから突き出してくれ。そのかわり、荷は返さぬぞ」

「なんでや。仲間を助けたら返す言うたじゃないか」

「気変わりをいたした。同道してくれぬなら、話すことはない」

開き直る唐木に怒ったのは小太郎だ。

「虎丸様、やっぱりこのまま、川賊改役に連れていきましょう」

すると唐木が小太郎に言う。

「いいのか武蔵屋。油を届けなければ、次から仕事をもらえないのだろう」

「お前が言うなこの野郎」

怒る小太郎に、虎丸は驚いた。

「ほんまか」

「気にしなくていいんですよ。なんとかなりますから」

唐木が笑った。

「強がるな。油屋の仕事がなくなれば、儲《もう》けがかなり減るのであろう。店の存続にかかわるほどな」

小太郎は目を見張った。

「てめぇ、調べたのか」

「調べたさ。虎丸殿に会うためにな」

「従ごうたら、ほんまに返すんじゃの」

虎丸が言うので小太郎は驚いた。

「いけません。罠に決まっています。こいつらの仲間が大勢いるかもしれませんぜ」

「その時は、こいつを大川に沈めて魚の餌にしちゃる」

虎丸が脅しをかけると、唐木は薄い笑みを浮かべた。

「隠し場所には誰もおらぬからご安心を。さ、まいろう」

「行くのは、頭の荷物を降ろしてからだ」

虎丸は、武蔵屋を潰させぬために荷物を取り戻すことを選び、怪しい誘いに応じた。

五

賊どもを逃げられないように早船に縛り、荷船で曳《ひ》いて進む異様な姿に、すれ違う舟に乗る者たちは目を白黒させている。

秀は自慢げに、

「芸州虎丸様が、また川賊を捕らえなすったぜ」

近くに寄る舟に言いふらしている。

永代橋の西詰にある船番所の者に見られては、さすがにまずいということになり、虎丸は早船に移り、賊どもを筵で隠した。

永代橋の下を通過し、両国橋《りょうごくばし》を過ぎて神田川《かんだがわ》の河口を横切ったところで左岸に寄せ、下平右衛門町《しもへいえもんちょう》の河岸へ滑り込むと、今か今かと待っていた荷主に積荷を引き渡した。

そのあいだ、虎丸は秀と二人で早船に乗り、賊どもを見張っていた。

筵をかけられている唐木は一言も発せず、横にいる配下に、これでよいのだと、小声で伝えているが、虎丸と秀は気付かない。

程なく荷を降ろし終えた小太郎が、虎丸にうなずいて見せる。

応じた虎丸は、筵に向かって言う。

「おい、どこに行きゃええんや」

「川上へ行ってくれ」

筵の下からの声に従い、虎丸は小太郎に川上を示した。

ふたたび荷船は大川を進み、公儀の米蔵を過ぎたところで、筵を取った。

「ここからは案内せえ」

虎丸に命じられた唐木は起きて座り、針路を教えた。

秀が荷船に伝達し、向かったのは山谷堀《さんやぼり》を少し過ぎた場所にある、川岸の屋敷だった。

漆喰《しっくい》が剥《は》げた土塀に囲まれた武家と思しき屋敷の前には、修復をされた船着き場がある。

「そこの船着き場から上がる」

教える唐木に、虎丸が顔を向けた。

「お前武家か」

「案ずるな。ここは空き家だ。中には誰もおらぬ」

先に上がった小太郎が、信と康を連れて屋敷の中を調べ、程なく出てきた。

「嘘じゃないようです」

小太郎に応じた虎丸は、唐木だけを連れて上がり、縛っている手下たちは早船に残したまま屋敷に入った。

「荷物は裏手の蔵に隠している」

案内に従って行くと、屋根が落ちかけた母屋の裏手に古い蔵があった。

日が沈みはじめ、草が伸びている屋敷は陰気で気味が悪い。

虎丸たちはあたりを警戒し、蔵に行く。

秀が戸を開けようとしたが、錠前がかけられていた。

「おい、こいつの鍵《かぎ》は」

唐木は、蔵の右手にある石臼《いしうす》を顎《あご》で示した。

「臼の下に隠している」

秀は石臼をどかせて鍵を見つけ、錠前をはずして戸を開けた。

中は暗い。

「外からはなんも見えねぇや」

秀はそう言って先に入ったが、すぐに出てきた。

「おい、それらしい物はないぞ」

「そんな馬鹿な」

焦る唐木の背中を虎丸が押す。

「中に入って確かめろ」

両手を縛られている唐木は応じて入り、虎丸は後に続いた。

中は思ったより広く、残されたままの木箱などが積まれている。

唐木が言う。

「配下の者にまかせていたが、鍵がかかっていたのだから必ずある。共に探してくれ。奥のほうかもしれぬ」

唐木が奥に行くのを見て、虎丸と小太郎たちも続いた。

木箱をどけた康が、

「ありました」

そう声をあげたその時、唐木が虎丸に体当たりをした。

飛ばされた虎丸は、積まれていた空箱ごと倒れた。戸口に走る唐木は、止めようとした小太郎を蹴り飛ばし、外に出た。

「待て！」

叫んで追って出ようとした小太郎の目の前で、戸が閉められた。閉めたのは唐木ではなく、いつの間にか現れた二人の侍だ。

「てめえ！　騙《だま》したな！」

腹を立てる小太郎に、格子戸の前に戻った唐木が言う。

「そこにいる芸州虎丸殿に会いたいと願われているお方がおられる。明日の朝には来ていただくゆえ、すまぬがそれまで、ここで辛抱してくれ」

虎丸は小太郎の横に行き、侍に縄を解《ほど》かれている唐木に言う。

「お前ら何もんや。わしに会いたいようるのは誰や」

唐木は微笑むだけで答えない。

「誰か言わにゃあ、怪しいお前らに従うわけがなかろうが」

「今夜会わせたいところだが、彼《か》のお方は大事な用があるゆえ叶《かな》わぬ。ひとつ教えてくれ。おぬし、誰ぞに仕えている身か」

「教える義理はない」

「そうか。もし誰にも仕えておらねば、おぬしにとって悪い話ではない。一晩辛抱してくれ。武蔵屋、とんだとばっちりを受けさせるが許せ」

そう言った唐木は、配下に見張りを怠るなと命じて、行ってしまった。

小太郎が虎丸に向く。

「どうやら、川賊ではないようですね」

信がそばに来た。

「まるで武家のようです」

そう口を挟まれた虎丸は、ふと、柳沢の顔が頭に浮かび、いやな予感がした。

「今すぐここから出にゃぁ、わしはいけんことになる」

焦り、戸を蹴ったがびくともせず、外の見張りが、大人しくしろと怒鳴った。

虎丸は、さらに焦り動揺した。

「わたしをおびき出すために、頭の荷を狙《ねろ》うたとしたら、まんまと罠にはめられたのだ」

「わたし……」

急に武家言葉をしゃべる虎丸の様子に、小太郎は目をしばたたかせた。

頭が真っ白な虎丸は、若殿言葉になっていることに気付かない。

小太郎が訊く。

「何か、追われるようなことをやらかしたので？」

言えるはずもない虎丸は、蔵の奥に歩んだ。

追ってきた小太郎が問う。

「虎丸様、いったい何があったのです」

「あの者たちが柳沢様の手の者ならば、わたしは首が飛ぶ」

小太郎は、皆と顔を見合わせた。

秀が小太郎に歩み寄る。

「柳沢って、あの御大老格の柳沢様ですかね」

聞こえた虎丸は、皆に目を向けた。

「うむ。御大老格の柳沢様だ」

小太郎は虎丸に歩み寄る。

「それじゃ何ですか。今の奴らは公儀の者ってことですか」

「そんな気がする」

「公儀が川賊の真似までして、どうして虎丸様を捕まえるんです。江戸の川を守ったお人じゃないですか」

すると、臆病《おくびょう》者の謙が弱々とした声で口を挟んだ。

「虎丸様が謎のお人だから、こうでもしないと会えないと思われていたんじゃ」

小太郎が腕組みをした。

「確かにお前の言うとおりだ。考えてみりゃ、おれたちも虎丸様が何様か知らねぇからな」

「あの賊の頭、虎丸様にとっていい話だと言っていましたから、首が飛ぶことはないのでは」

謙の言葉に、武蔵屋の連中は賛同した。

小太郎が言う。

「謙の言うとおりですよ、虎丸様。こうなったら、明日の朝まで待ってみますか」

「まことに公儀なら、まずいことになる」

小太郎は虎丸の様子を見て、心配そうな顔をした。

「ほんとうに、首を切られることになるんですかい」

虎丸がうなずくと、小太郎が目を見張った。

「虎丸様のことだ。悪いことをしたんじゃないことは分かっています。お言葉を誤魔化していなさることと、関わりがあるので？」

「言葉がどうしたん」

「いや、先ほどから、立派な武家言葉になりましたもので」

覚えていない虎丸は、

「とにかく、顔を見られたら終わりじゃ。人に迷惑をかけることはしとらんけどの」

そう逃げた。

小太郎は皆に向き、外に聞こえないよう小声で言う。

「おいお前たち、他に出口がないか探せ」

応じた信たちは手分けをして中を探したが、ここは蔵だ。分厚い土塀に囲まれて通気窓もなく、出られそうな場所はない。

すると秀が、

「いいことを思いついた。みんな来てくれ」

と言い、皆を集めた。

話を聞いた虎丸は、

「危ないけいけん」

と言ったが、皆はやる気になった。

「これしか手がないです。やりましょう」

信が言えば、

「他でもない虎丸様のためだ。なんだってやりますよ」

康がそう続く。

虎丸は恐縮した。

「頭、みんな、すまん。恩を返すつもりが、かえって迷惑をかけることになった。その上危ないことをさせるわけにはいかんけ、やめてくれ」

すると秀が腕をつかんできた。

「水臭いこと言うと怒りますよ。虎丸様は、たった一度助けたのをずっと恩に着て、何度も命がけで助けてくれたじゃないですか。次はおれたちが返す番だ。いや、これだけじゃまだ足りないくらいだ。ねえ頭、みんなもそうだろう」

皆がうなずき、小太郎が言う。

「手前が荷物を取り返したいがために、奴の言うことを信じてこんなことになったんです。あやまらなきゃいけないのは手前のほうですよ。何者かも分からない奴らの言いなりになって朝を待つことはねぇですから、秀の言うようにやりましょう」

確かにまだ、公儀の者と決まったわけではないと思った虎丸は、小太郎に従った。篝火《かがりび》が焚《た》かれている戸の外を見て座り、その時を待つことにした。

六

夜遅く、蔵を守っていた浪人風の侍二人は、中からの呻《うめ》き声に顔を見合わせた。

途端に戸をたたく音がして、

「誰か、誰かいませんか！」

助けを求められ、一人が格子戸から中を見た。

「どうした」

小太郎が懇願する。

「手前の手代は心ノ蔵が弱いんですが、急に苦しみだしたんです。薬を飲ませなきゃ死んじまう。助けてください」

篝火から火がついた木を取って戸口から照らした侍は、胸を押さえてのたうち回っている秀を見て焦った。

「薬を持っておらぬのか」

「ございますが、水がなきゃ飲めないので」

秀が苦しそうな声をあげ、またのたうち回った。

さらに焦った侍は、

「水だな。よし、ならばこれを飲ませろ」

腰に下げていた竹筒を外して渡そうとしたものの、躊躇った。

「いやだめだ。やはりここを開けるわけにはいかん」

「そんな殺生な。見殺しにするおつもりですか」

「しかし……」

「お願いします。離れていますから、入れてください」

「うう、く、苦しい。胸が痛い」

「おいしっかりしろ！　早くお願いします。死んじまいます！」

小太郎の大声に、侍は目を見張る。

「よし、では離れろ」

小太郎が下がると、松明《たいまつ》で戸の近くに人がいないのを確かめた二人は、錠前を外し、戸を開けて竹筒を中に置いた。

壁に背を付けて隠れていた康が戸に飛び付き、驚いた侍が閉めようとしたが、自慢の怪力で引き開けた。

「おのれ！」

刀に手をかける侍は、中から飛び出てきた虎丸の膝蹴りを顔面に食らい、昏倒《こんとう》した。

「ひっ」

短い悲鳴をあげたもう一人は、目が飛び出そうなほど見開いた顔で下がり、背を向けて逃げようとした。

そこに康が飛びかかり、襟首をつかむや軽々と投げ飛ばした。

背中から地面に落ちた侍は、腰を浮かせて悶絶《もんぜつ》し、程なく気を失った。

その者を担いで蔵の中に入れた康が、手足を縛って身動きを封じた。

昏倒していたもう一人は、中に入れたところで意識を取り戻し、小太刀を突きつけた虎丸に目を見張る。

「よ、よせ」

「お前らは何もんや」

「朝になれば分かる」

「またそれか。まあええ」

虎丸は柄《つか》で腹の急所を打ち、ふたたび気絶させた。

外に出て、秀が錠前をかけるのを待った虎丸は、川に向かいながら小太郎に言う。

「川賊改役の役宅を知っとるか」

「知っていますとも」

「ほいじゃあ今から行って、ここに連れて来てくれ。荷物は盗んだ証のために、今は蔵に置いとこう」

「ようございますが、虎丸様はどうなさるので」

「わしは隠れてここを見張る。奴らの正体を知りたいしの」

「一人で……、まあ虎丸様なら、相手が公儀だろうと大丈夫ですね」

言い直す小太郎にうなずき、皆が乗った荷船を岸から押して離した虎丸は、ぼろ屋敷に戻り、蔵が見える母屋の裏手に隠れた。

川賊にまでなって自分を捕らえようとした相手は何者か。そこのところをどうしても確かめたかったのだ。

もしも感じたとおり、柳沢の策ならば、芸州虎丸として江戸の町へ出るのは危ない。

そう思いながら息を殺していたが、怪し過ぎる川賊の男が言ったとおり、夜明けが近づいても誰も来なかった。

(竹内は怒っとるじゃろうのう)

あの真顔を思い出しながら、さらに隠れて見張っていると、東の空が白みはじめた頃になってようやく、小太郎たちが戻ってきた。

川賊改役の鬼塚が、配下の者を十数名連れている。

小太郎は、虎丸を捜す素振りを見せたが、鬼塚も公儀の者。気を使ってくれたらしく、声に出して名を呼ぶことはしなかった。

それは信たちも同じで、黙って役人たちの動きを見ている。

蔵を開けさせた鬼塚は、中から浪人風を二人連れ出したが、帰る様子はない。

どうやら、奴らが戻るのを待つつもりだ。

だが、浪人風の一人が何かをしゃべると、鬼塚は酷《ひど》く動揺した。

「それはまことか！」

大声で言ったが、その後の言葉は聞き取れなかった。

小太郎たちは、しきりにあたりをうかがいはじめた。

鬼塚が小太郎に何か言った。

小太郎は頭を横に振っている。

鬼塚は何かに気付き、蔵の前から走り去った。行く方角は、裏門だ。

奴らが来たのだと思った虎丸だが、近くに鬼塚の配下がいるため動けない。

馬の嘶《いなな》きが聞こえたのはその時だ。

江戸市中で馬に乗ることを許されるのは、身分がある限られた者のみ。

（やっぱり柳沢の手の者じゃったか）

だが腑《ふ》に落ちなかった。

（葉月定光が芸州虎丸じゃと、疑ようるんじゃろうか）

この時虎丸の頭に浮かんだのは、芸州弁のことだ。

五色四郎の手先となり、虎丸に毒を盛った者に芸州弁を聞かれているなら、柳沢の耳に入っていても不思議ではない。

虎丸はここにきて、背筋が寒くなった。

己のことではなく、小太郎たちがここで捕らえられ、柳沢から厳しい責めを受けるのではないかと思ったからだ。

だが、恐れたようにはならなかった。

戻ったのは鬼塚のみで、浪人風の二人の縄を解いて放免すると、皆に引き上げを命じた。

小太郎が去る浪人を見て、鬼塚にわけを訊いている。

「公儀のことだ」

という声が聞こえてきた。

小太郎の顔に安堵の色が浮かんだが、その意味は分からない。

すると信が、

「ええ！　柳沢様が、虎丸様を将軍家直参に御推挙されようとなさっているですって？」

隠れている虎丸の耳に届くよう不自然な大声で言うものだから、鬼塚が耳を塞いだ。

「大きな声を出すな！」

怒ったものの、意図に気付いたらしく、あたりを見回した。

何か問う鬼塚に、信はまた大声をあげる。

「いいえ！　虎丸様はもうとっくに帰られましたから、捜してもおられませんよ！」

迷惑そうな顔をした鬼塚は、早く荷物を運び出せ、と、大声を返した。

半分笑いながら小太郎が蔵の中に入り、皆と荷物を運び出した。

見守っていた鬼塚は、思い出したように母屋に目を向け、探るように見回す。

この時虎丸は、伸びた草に囲まれた作事小屋らしき建物の中に入り、じっとしていた。

「それじゃ、帰りましょう！」

信の大声がして、静かになったところで壁の穴から見た。すると、蔵の前には誰もいなくなっていた。

慎重に屋敷の外に出た虎丸は、人気がない道を大川に向かった。土塀の角から見ると、鬼塚の早船が岸から離れ、小太郎たちの荷船を待っていた。

やがて小太郎たちが川下へ向かって滑り出すと、見届けた鬼塚の早船は、追い越して帰っていった。

荷物が無事戻ったことに胸をなで下ろした虎丸は、葉月の屋敷に帰るべく、川沿いの道を歩いた。跡をつける者がいることに気付いたのは、山谷堀に架かる橋を渡った時だ。

このまま屋敷に帰るのは危ないと思い、どこへ行くとも知らない道を走った。

寺が並ぶ道に入り、後ろを振り向く。

人影はなかったが油断せず走り、卍《まんじ》型の路地を曲がったところで、目についた土塀の木戸を押すと開いた。迷わず入って隠れると、走ってきた足音が止まり、程なく遠ざかった。少し開けて見ると、二人の男が歩いている。身なりは町人だが、侍だと見た虎丸は、同じ着物で屋敷に帰れないと思い、戸を閉めた。振り向けば、そこは寺の境内の裏手だった。

宿坊と思しき建物があり人気はないが、本堂からは声が聞こえる。僧侶《そうりょ》たちが読経するのは般若心経《はんにゃしんぎょう》だ。

追っ手が戻らぬうちに境内を走った虎丸は、掃除をしていた者が気付いたが気にせず山門から出ると、表の道を歩いていた僧侶に大川の方角を聞き、そちらに急いだ。

目指すは、蔵前《くらまえ》に居を構える双井屋。

判太郎を頼るべく大川を探して走り、川端に出ると、人気がない場所で覆面を取り、川下に向かって急いだ。

見覚えのある蔵前の通りに入り、双井屋の看板を見つけると、用心して路地に潜み、怪しい者がいないことを確かめた後で、表から入った。

帳場で手代と話していた番頭の弥三八《やそはち》が気付いて出てきた。

「若殿、そのお格好はどうされたのです。ずいぶんお汚れですね」

上から下まで見る弥三八に、虎丸は笑みを浮かべる。

「ちと転んだのだ」

「え？」

「そういうことにしてくれ。判太郎はいるか」

「はい。どうぞ、お上がりください。誰か、若殿様のお足を洗ってさしあげて」

店の女が応じて、水を入れた盥《たらい》を持って来た。

足を拭いてくれるのを待って礼を言い、表の客間に入って待つこと程なく、奥から判太郎が出てきた。

あぐらをかいている虎丸を見るなり、厳しい顔をする。

「転んだというのは嘘でしょう。また出歩いて、何をしたのです」

「武蔵屋が川賊に襲われたと聞いて助けようと思ったのだが、その賊は、公儀の者だった」

袂《たもと》から覆面を出して見せると、判太郎は眉間《みけん》に皺を寄せた。

「まさか、柳沢様ですか」

「どうやら芸州虎丸の正体を暴こうとしたらしい。危ないところだった」

弥三八は驚き、判太郎は虎丸を睨む。

「まんまと罠にはめられるとは、情けない。あなたは本気で、葉月家を守る気がおありか」

「そう怒るな。命の恩人が困っているのを放っておけなかったのだ」

「柳沢様を甘く見過ぎです。芸州虎丸と若殿が同じ人物だと、疑っているのではないですか」

「それは、まだはっきり分からぬ」

「いいえ、そう考えたほうがよろしいでしょう」

「まさか、川賊に化けているとは思いもせず……」

「その義理深さが、命取りになるところでした」

判太郎に見据えられて、虎丸は口を閉じて背中を丸めた。

「おっしゃるとおり」

判太郎は探る顔をした。

「それで、手前に何をしろと」

「屋敷に戻ろうとしたのだが、跡をつける者がいた。この身なりではばれてしまう。

着物を貸してもらえないだろうか」

判太郎はため息をついた。

「仕方ない。力になりましょう。番頭さん、葉月家に使いを頼みますよ」

虎丸は慌てた。

「いや、着物を貸してくれるだけでよい」

すると判太郎が首を横に振った。

「柳沢様を甘く見るなと言ったばかりです。跡をつけたのがあのお方の手の者なら、屋敷が見張られている恐れがある。ここは、手前に従ってください。番頭さん、今から言うとおりに、竹内様にお伝えしておくれ」

判太郎は立ち上がり、弥三八と部屋から出ていった。

竹内と五郎兵衛が来たのは、虎丸が湯漬けを食べ終えて休んでいた時だ。

判太郎の策は、葉月家から空の駕籠《かご》をよこしてもらい、あたかも定光が双井屋を訪ねて帰るように見せかけるもの。

弥三八から知らせを受けた竹内と五郎兵衛は、六左の配下である新九郎《しんくろう》と弥太七《やたしち》に空の駕籠を担がせて来ていた。

神妙に正座している虎丸の前に座った竹内は真顔で見据え、その横にいる五郎兵衛は安堵の面持ちをしているものの、ちらちらと竹内に目を向け、不安の色を浮かべている。

虎丸は二人が口を開く前に両手をついた。

「すまん」

竹内は何も言わず眼差しを判太郎に向け、

「若殿が迷惑をかけた。礼を申す」

手を膝に置いたまま頭を下げた。

判太郎は、真顔の竹内から何かを感じたようだ。

「御屋敷で、何かありましたか」

すると竹内は顔を上げ、判太郎を見た。

「気のせいならばお許しください」

判太郎が言うと、竹内は眼差しを下げ、虎丸に向いた。

「屋敷に戻ってお話ししようと思うておりましたが、判太郎にも聞いてもらいましょう。昨日筑前守様から、御大老格が葉月家を潰そうとしていると忠告されました」

「今にはじまったことではないだろう」

ぼそぼそ言う虎丸に、竹内は言う。

「さよう。されど筑前守様は、いよいよ危ないと思われたらしく、月姫様を離縁させたいと、はっきり告げられました」

虎丸は、顔も知らぬ月姫の姿をぼんやりと想像し、竹内を見た。

「これでよかったと思う」

竹内はうなずかず、否定もしないで問う。

「跡をつけられたと聞きましたが、柳沢の手の者ですか」

「おそらくそうだ。小太郎の荷を奪ったのは、芸州虎丸をおびき出すために仕組まれたことで、川賊は公儀の者に違いないと思う」

虎丸は、昨日からの出来事をすべて話した。そして訊く。

「姿は見ていないが、江戸市中を堂々と馬に乗ってくるのは、身分がある者であろう？」

竹内はうなずいた。

「鬼塚殿が賊を解き放たれたのなら、公儀の者に間違いないでしょう」

「判太郎は柳沢が、葉月定光と芸州虎丸が同じ者だと疑っていると言うが、竹内もそう思うか」

「それは分かりませぬ」

「武蔵屋の者がぼろ屋敷で言ったのが聞こえたのだが、柳沢は、芸州虎丸を将軍家に仕えさせたいと願い、このたびの策を講じたらしい。小太郎に訊けば、何か分かるかもしれぬ」

竹内は虎丸を見据えた。

「武蔵屋に手助けをさせるための嘘と思うたほうがよいでしょう。葉月家を守る気があるなら、今後一切、芸州虎丸として武蔵屋には関わらないでください」

判太郎が続く。

「手前もそう思います。もう二度と、芸州虎丸にならぬほうがよいでしょう」

「若殿、お願いします。危ないことはおやめくだされ」

五郎兵衛が両手をついて懇願する。

三人に見つめられた虎丸は、こうなってしまっては言葉もない。

「公儀の川賊か。そこまでされては危ういな」

小太郎たちにも迷惑がかかると思った虎丸は、竹内の目を見た。

「分かった。頭巾を被って出るのは、もうやめる」

「男の約束ですぞ」

竹内にそう迫られ、虎丸はうなずいた。

若殿の着物に着替えをすませ、戸口に横付けされた駕籠に乗った虎丸は、判太郎の見送りを受けて葉月家の屋敷に帰った。

七

虎丸が逃げたことで、さすがの唐木もあきらめ、江戸の川に平穏が戻るかと思われた。

だが、唐木の川賊行為は、寝た子を起こす羽目になっていた。

唐木が武蔵屋の船から荷物を強奪する様《さま》を、じっと見ていた者がいたのだ。

その者は、芸州虎丸を恐れ、身を潜めていた川賊の手下。

唐木が白昼堂々と荷船を襲い、積荷を奪っても、虎丸や、川賊改役が出てこないのを見て、悪い笑みを浮かべて舌なめずりをしている。

「こいつはいいや」

仕事を終えて去っていく唐木の舟を嬉々《きき》とした目で見送った男は、猪牙舟を走らせ、急ぎ隠れ家に向かった。

船着き場に舟を滑り込ませ、河岸に暖簾《のれん》を下げている船宿に入った手下は、廊下を奥に向かった。

部屋に入ろうとして、見知らぬ男が頭と親しそうに話していることに目を見張り、

「こいつは、とんだお邪魔を」

詫びて出直そうとするが、頭が呼び止めた。

「まあ座れ」

「へい」

下座に正座すると、頭は冷血な気性を絵に描いたような三白眼《さんぱくがん》を向け、片笑む。

「おめぇに、おれの朋輩《ほうばい》を紹介しておく。こいつはな、上方では泣く子も黙る、雑賀の孫一だ」

手下は目を見張り、顔を向けた孫一に頭を下げた。

「お名前だけは存じています。大海賊でござんしょう」

「しばらく世話になる。よろしくな」

「へい」

「何か用か」

頭に問われて、手下は顔を上げた。

「暇つぶしに川に出ていましたところ、川賊が出ました。そいつは見事な仕事ぶり

でして、まんまと荷をかっさらっていきやした」

　頭の目の色が変わった。

「無事逃げたのか」

「へい。役人らしきもんは出てきやせんし、芸州虎丸の野郎も、油断しきって昼寝をしているようです」

「そいつはいい。それじゃ、おれたちもそろそろはじめるか」

　勇む頭に、孫一が言う。

「お前の仕事を見るのは、五年ぶりか。今では上方にも名が聞こえる浅草の駒蔵《こまぞう》一味がどのような働きをするのか、じっくり見せてもらうぜ」

　駒蔵と呼ばれた頭は、余裕の笑みを浮かべてうなずく。

「江戸の川は、お宝だらけだぜ」

第三話　将軍の小姓

一

「お前様、やはり月姫は、葉月家に帰らせてやったほうがよいかと思うのですが」

表御殿の居室に押しかけるなり言うお囲に、筑前守は読み物をやめて戸惑いの顔を向けた。

「どうしたのだ。月を残せと申したのはそなただぞ」

お囲は急《せ》いた様子で筑前守の前まで歩み、座った。

「わたくしが浅はかだったかもしれませぬ。もっと姫の気持ちを知っておくべきでした」

「まともに口をきいたこともない定光を慕っていることか」

「はい。可哀そうで、見ていられないのです」

悲しげにうつむくお圀。

筑前守は気づかい、肩に手を差し伸べた。

「今さらそれはできぬ。葉月家の家老と用人を呼び、離縁の意向を伝えたばかりじゃ。昨日今日で気変わりしたのでは、相手に失礼であろう」

「でも……」

「月のことは案ずるな。もっとよい相手を必ず見つける」

お圀は懇願する顔を向けた。

「まだ早《はよ》うございます。今少しの猶予を」

「なぜじゃ」

「高島が申しますには、定光殿はひとかどの人物、かもしれませぬ」

「ふふふ、かも、か。高島にしては、曖昧《あいまい》じゃの」

「あの者の見る目は……」

「もうよい。今日にでも公儀に離縁のことを伝える。許しが出ようから、定光殿のことはこれまでじゃ」

立ち上がる筑前守に、お圀は食い下がった。

「お前様、今一度お考えなおしを」

「くどいぞ」

「姫のことを思うなら……、あ、お待ちを。お前様」

筑前守は聞く耳を持たず行ってしまった。

小姓も去り、一人残されたお囥は、たった一人の娘を案じて胸を痛めた。

筑前守には、亡き正室とのあいだに二人の男子がいる。守《も》り役と中屋敷で暮らしている息子たちは文武に優れ、筑前守の期待に応《こた》える逸材のため、定光のことが頼りなく映るに違いないのだ。

そう思い込んでいるお囥は、高島から話を聞いて定光を見直し、筑前守も間違っていると諭そうとしたのだが、叶《かな》わなかった。

月姫を一番に考えるお囥は、筑前守の態度がぞんざいに見え、悲しく、そして腹立たしくなってきた。

打掛けをにぎりしめたお囥は、廊下を歩んでいく筑前守の後ろ姿に、

「お前様の馬鹿」

珍しく眉間《みけん》に皺《しわ》を寄せて言い、奥御殿に戻った。

しとしと降り続けていた雨はやみ、晴れ間がのぞいた。

緑が鮮やかな庭を、月姫は部屋の中からぼんやりと見つめている。

何をするでもなく、する気にもなれず、考えるのは定光のことばかり。

池のほとりにたたずみ、どこか寂《さみ》しそうな姿が、目から離れないのだ。

どうして、こんなことになってしまったのだろう。

事情が分からぬ月姫は、眼差《まなざ》しを下げ、定光を想い続けている。

廊下に衣擦《きぬず》れの音がして、下座に控えていた高島が頭を下げた。

入ってきたお圀が高島を見ると、高島は首を横に振っている。

心配そうな顔を月姫に向けたお圀は、立ち上がって上座を譲る月姫のそばに来て手を取り、座るよう促す。

「母に話とは何です？」

月姫は手をにぎり返し、母の目を見た。

「葉月家に、帰りとうございます」

お圀は哀れみを浮かべ、痩《や》せてしまった娘の頬にそっと手を添えた。

筑前守が竹内と五郎兵衛を屋敷に呼び、離縁を告げたことを月姫は知らない。お圀はどうしても、言えないのだ。

「姫、部屋に籠《こ》もってばかりではいけませぬ。そうだ、雨もやんだことだから、五《ご》百羅漢《ひゃくらかん》にでも参詣《さんけい》しましょうか」

月姫はうつむき、首を横に振った。

「父上がお許しになりませぬ」

「気にしなくてよいのです。あんな人」

怒って言う母に、月姫は驚いた顔を向けた。

お囲は優しい笑みを浮かべる。

「わたくしと出かけるのですから大丈夫。行きますか」

月姫はまたうつむき、

「どこにも行きませぬ」

沈んだ声で言う。

「そんなに、葉月家に帰りたいのですか」

「はい」

「お顔を見て話したこともない定光殿のことを、どうしてそこまで慕うのです」

「自分でも分かりませぬ。ただ、庭でお姿を見ているだけで、幸せな気持ちになっていました」

「そなたの気持ち、よう分かります」

月姫は母の顔を見た。

お圀は微笑む。

「母にも、そのような時がありました」

「父上のことですか」

「いいえ」

月姫は驚いた。

「他に、お慕いされた殿方がおられるのですか」

「ほほほ、いますとも。あれは、十《とお》の時のことでした」

「十……」

目を見張る月姫に、お圀は愉快そうに笑い、遠くを見る目をした。

「そのお方は、店に出入りされていたお武家様でした。そなたと同じように、見ているだけで喜びを感じ、そのお方が来られるのを毎日心待ちにしていました。大人になって、それがお慕いする気持ちだったと分かったのです」

母の初恋話に、月姫は身を乗り出した。

「お慕いになって、どうなったのですか」

「そのお方は、春になると国許《くにもと》へ旅立たれました。それを知った時は、今のそなたのように悲しみましたが、時が忘れさせてくれました。そなたも、夫婦《めおと》と申しても面と向かって言葉も交わしたことがないのですから、時が経てば、わたくしのように忘れられます」

月姫は身を引き、うつむいた。

「そのように悲しい顔をしないでおくれ」

手をにぎって抱き寄せられた月姫は、目をつむった。

お園は背中をさすってやり、離して顔を見る。

「悲しい時は、甘い物をたくさん食べるのが一番です」

そう言って、高島に目配せをした。

応じた高島が手を打ち鳴らすと、廊下に控えていた侍女たちが次々入ってきて、いろんな菓子を並べた。

楽しそうなお園が、真っ白なまんじゅうを取って月姫に渡した。

「いただきましょう」

自分も手に取り、一口食べて美味《おい》しいと言って大喜びする姿に、月姫はやっと笑う。

「さ、お前もお食べ」

「はい」

すすめられて食べた月姫は、

「おいしい」

そう言うと同時に堪《こら》え切れなくなり、うつむいた。

お園は、声を殺して頬を濡《ぬ》らす月姫を見てよりいっそう可愛くなり、顔をくしゃくしゃにして抱き寄せた。

「我慢せずに泣きなさい」

言ったお園も、目尻《めじり》を濡らしている。月姫を帰さなければいいと、筑前守を促したことを後悔し、悲しくなったのだ。

奥御殿に渡ってきていた筑前守が、月姫の部屋からする泣き声に驚いて廊下を急いだ。

気付いた高島が、膝《ひざ》を転じて頭を下げる。

中を見ると、母娘《おやこ》が抱き合って泣いているではないか。

筑前守は焦った。

「いかがしたのじゃ」

するとお圀が振り向き、赤くした目に怒気を浮かべてまんじゅうを投げてきた。

受け取った筑前守は、眉尻《まゆじり》を下げた。

「お圀、あのことを話してくれたのだな」

「いいえ、申しませぬ」

「ではどうして泣いているのじゃ」

お圀は答えず、悲しみに暮れる月姫に向いて背中をさすってやった。

筑前守は、高島を見た。

「いったいどうしたのだ。二人は何を悲しんでおる」

「申し上げるまでもなくお分かりでございましょう」

高島はつっけんどんに言い、障子を閉めてしまった。

筑前守はお圀が投げたまんじゅうを一口かじり、呆然《ぼうぜん》と立ちすくんだ。

二

「か、川賊だ！」

叫んだ荷船の者が必死に艪《ろ》を漕《こ》いで逃げようとしたが、川賊の早船は見る間に迫り、賊どもが乗り込んできた。

刀をぎらりと抜くのを見た船乗りたちは、恐怖で顔をひきつらせた。

大声を出しても、近くには小舟が一艘《そう》のみ。

広い大川の河口は夕日もなく霞《かす》み、船乗りたちの目に映る景色は絶望だった。

悲鳴が水面《みなも》を伝い、荷船から船乗りたちが次々と落とされて水しぶきが上がり、やがて静かになった。

布で顔を隠した駒蔵一味は、船頭や漕ぎ手を斬殺《ざんさつ》する極悪非道の手口で、船ごと荷を奪ってしまった。

一部始終を見ていた小舟の者は、

「た、大変だ」

海苔《のり》を採るのをやめて艪をつかみ、役人を呼びに行こうとしたのだが、目の前を別の舟が塞《ふさ》ぎ、口封じに襲われた。

離れた舟から見ていた孫一は、共にいる目の細い男に顔を向けた。

「卯ノ《うの》七《しち》、腕が鳴るな。ええ、どうだ、おれたちもやるか」

「まだ早いようですよ」

右腕らしく慎重な卯ノ七は、荷船のほうを見て薄い笑みを浮かべた。

「駒蔵兄ぃがどう乗り切るか、確かめてからにしましょう」

指差す卯ノ七に応じた孫一が振り向く。その先には、船手方と思《おぼ》しき役人が乗る舟がいて、駒蔵一味を捕らえに向かっていた。

役人の怒鳴り声が川面に伝わり、孫一の耳に届いた。

駒蔵とその一味は、乗り移って捕らえにかかる役人に抗《あらが》い、次々と捕り方を川に落としていく。

最後の一人も斬り、川に蹴《け》り落とした。

駒蔵は役人の舟まで奪い、悠々と逃げていく。

見ていた孫一は、手をたたいて喜んだ。

「江戸の船手方も、噂ほどのものじゃなさそうだな。紀州の船手方のほうが強くて厳しいぞ」

「今のは雑魚《ざこ》ですぜ、頭」

「なんだと？」

眉をひそめる孫一に、卯ノ七が言う。

「駒蔵の兄ぃが言っていた、御同業を血祭りに上げた芸州虎丸という野郎を調べましたが、どうにも謎が多い。他にも、淡路《あわじ》の鬼雅《おにまさ》を捕らえた葉月という旗本もいます。奴らがまだどのような働きをするものか分かっておりやせんので、ここは慎重に」

「ふん、今の船手方を見ても、たいしたことはなさそうだがな。まあいい、お前の言うとおりに、もう少し様子を見よう。舟を戻せ」

孫一はそう言い、戻る舟の舳先《へさき》に立ち、大川に浮かぶ舟に獲物を狙う獣のような目を向けた。

駒蔵が深川《ふかがわ》の隠れ家に帰ったのは、翌日だ。

上機嫌の駒蔵を見れば、奪った荷が上物だったことが分かる。

「懐が重そうだな」

孫一が探りを入れると、駒蔵は含んだ笑みを浮かべ、角樽《つのだる》を置いた。

「祝い酒だ」

駒蔵が言うと、手下が盥《たらい》を運んできて、蓋《ふた》を取った。中には、鯛《たい》の活《い》き作りが隠されていた。

「こいつは、旨《うま》そうだな」

孫一が鯛の刺身を好むことを知る駒蔵が、箸《はし》と皿を渡した。

「お上は生きた物を捕って食うなとうるさいが、いつ獄門になるか分からねぇ稼業のおれたちにとっちゃぁ、馬の耳に念仏というやつだ。食いたい物を食い、ほしい物は手に入れる」

　にこりと笑う駒蔵に、孫一は鋭い目を向けた。

「襲ってきたのは、川賊改役か」

「いいや、たまたま通りかかった公儀の船手方の野郎どもだ」

「芸州虎丸は、出てこなかったな」

「おう、冷や汗もんよ。野郎だけには出くわしたくねぇから、今日まで大人しくしていたんだからな」

「葉月家も、来なかったな」

「なんで訊《き》く。まさか、もうじっとしてられなくなったか」

「そのまさかだ。卯ノ七は恐れているが、葉月家はどうなのだ」

「働きぶりは見ちゃいないが、早船は恐ろしく速い。あれに追われたら、まず逃げられないぞ。鬼雅を捕らえたというのだから、芸州虎丸より厄介だと言う者もいる」

　孫一は含んだ笑みを浮かべた。

「おれとお前が手を組めば、怖い物なんてあるもんか」

　駒蔵は驚いた。

「本気か。おれと一緒にやってくれるのか」

「江戸はおめぇのしまだ。勝手に荒らすつもりはねぇ」

「おいみんな、聞いたか。孫一が加わってくれりゃ、芸州虎丸も、川賊改役も怖くはねぇぞ。なんせこの孫一は、出くわしたら生きちゃいられねぇと恐れられた大海賊だからな」

駒蔵が嬉《うれ》しそうな顔で言うと、手下たちは孫一を歓迎した。

駒蔵は孫一に向き、身を乗り出す。

「ほんとうにいいのか。江戸の川はお宝だらけだといっても、千石船を襲うのとは違って一度の稼ぎが少ないぜ」

「ま、やってみようじゃないか」

「それじゃこれを機に、おれと兄弟の盃《さかずき》を交わしちゃくれねぇか」

孫一は目を細めた。

「いいとも」

「よし」

膝をたたいた駒蔵は、盃を持って来させた。

兄弟の盃を交わした孫一は、駒蔵から女をすすめられたが断った。

「当分、女はごめんだ」

和歌山城下で捕らえられた時のことを教訓に、以来女遊びを控えている。

「それよりも、次に狙う獲物の話をしようじゃねぇか」

これまでの穏やかな顔つきが一変し、海賊のそれになっている。

夜遅くまで話をした兄弟は、この日から五日後には、悪事を働いた。

深川の海に早船で出た孫一は、駒蔵一味を率いて大川の河口へ向かい、狙いを付けていた荷船に襲いかかった。

先陣を切った孫一とその一味に襲われた荷船の者たちは、銛《もり》で身体を貫かれ、あるいは弓矢で喉《のど》を射《い》貫《ぬ》かれ、五艘十二人の乗り手がまたたく間に全滅した。

見ていた駒蔵は、手下に言う。

「あれが孫一だ。惚《ほ》れ惚《ぼ》れするぜ」

手下たちは、強い味方を得たと喜んでいる。

孫一が奪った荷を駒蔵が売り払い、得たのは百両ほど。

千石船を襲っていた孫一が満足するはずもなく、三日後には、次の獲物を狙った。

急ぎ過ぎだと心配する駒蔵に、

「こうなったら、頭は満足するまで止まらない」

卯ノ七はそう言って笑い、得意の弓に矢を番《つが》え、必死に逃げる荷船の漕ぎ手を射殺した。

警戒する役人の舟は見当たらず、孫一とその一味は、難なくお宝を奪った。

この日に得た荷物は、高直《こうじき》な反物。安い物でも一反三十両はする反物がぎっしり詰められており、たたき売っても千両になると言って、駒蔵が喜んだ。

人の命を虫けらほどにしか思っていない孫一と駒蔵は、決して生かさず、情けをかけず、すべてを奪う。

孫一たちが去った後には、何ごともなかったように、静かな水面が広がっていた。

三

江戸に川賊が増えたことは、船手方の高里から竹内に伝えられた。

その残虐な手口は、虎丸を捕らえようとしていた者とは明らかに違う。

「また、手荒なことをする川賊が出はじめたか」

竹内はぼそりと言い、高里に真顔を向ける。

「このまま増え続ければ、また川賊改役控えを命じられるやもしれぬ。そのつもりで、いつでも出られるようにしておけ」

「はは」

高里が帰ろうとしたところに、小姓が来て、廊下に片膝をついた。

「御家老、城から御使者がまいられました」

「さっそく来たか。高里、同座いたせ」

竹内は奉書に違いないと言い、五郎兵衛に顔を向ける。

「若殿を客間に」

応じた五郎兵衛が、家老部屋から出ていった。

竹内は高里と共に、表の客間に向かった。


虎丸はこの時、暇を持て余して寝所で大の字になっていた。

武蔵屋小太郎のその後が気になったが、なんの情報も届かない。公儀が探しているため、芸州虎丸として出向くことも許されぬ。

「暇じゃ」

ぼそりと声に出し、天井を見つめた。

ぬしに餌をやりに行こうと思いつき起きたところに、五郎兵衛が来た。

「若殿、城から使者が来ました。表の客間までご足労願います」

「まさか、柳沢の手の者か」

「いえ、恐らく、川賊のことではないかと」

「あれは、公儀が扮した川賊であろう。わたしを芸州虎丸と疑い、調べに来たのではないのか」

「いいえ、恐らく川賊討伐の奉書かと。出たのです、まことの川賊が」

虎丸は立ち上がった。

「それはつまり、大手を振って川に出られるということか」

五郎兵衛はにたりと笑った。

「さよう。いよいよ、葉月定光として川賊退治をする日が来ましたぞ」

虎丸は笑顔でうなずき、控えている伝八に顔を向けた。

「すぐ出られるように着替えを支度しておいてくれ。動きやすい着物を頼む」

「はは」

伝八は納戸に向かった。

虎丸は五郎兵衛と廊下に出ると、勇んで客間に急いだ。

客間では竹内と高里が待っており、使者はまだ来ていなかった。

奉書が来ると確信している虎丸は、使者のために上座を空け、下手に正座した。

程なく小姓が連れてきたのは、山根真十郎《やまねしんじゅうろう》だった。

公儀目付役にして、柳沢の息がかかった者、と思っている虎丸は、いやな予感しかしない。

細い目でじろりと見られただけで背筋が冷たくなった虎丸は、前を向き、両手をついて頭を下げた。

正面に正座した山根は、見くだす目を向け、口には不気味な薄笑いを浮かべている。

「出迎えた者に伝えるだけでもようござったが、たまにはご尊顔を拝したく、上がらせていただいた」

「恐縮に存じます。して、御用とは」

神妙な態度の虎丸に、山根はうなずく。

「上様がお呼びゆえ、ただちに登城されよ」

思わぬことに、場が凍り付いた。

五郎兵衛が言う。

「おそれながら」

「なんじゃ」

鋭い目を向ける山根に、五郎兵衛は頭を下げる。

「川賊が増えたと耳にしておりましたゆえ、てっきり、川賊改役控えに復帰の御下《ごげ》知《ち》と思い込み、船手方の者をこれへ控えさせておりました。違いますのか」

「なんのための呼び出しかは聞いておらぬ。こうしているあいだも上様はお待ちである。支度を急がれよ」

あまりの性急さだが、もの申すことは許されぬ。

竹内に促された虎丸は、五郎兵衛と支度をしに寝所へ戻った。

「なんだと思う」

虎丸は不安に思い訊いたが、

「まったく見当もつきませぬ」

五郎兵衛は動揺して頭が回らぬようだ。

考えた虎丸は、ふとして、着物に袖《そで》を通しかけてやめた。

「双井屋に逃げ込んだのを見られていたかもしれぬ。正体がばれての呼び出しならば、竹内が前にしていたように、下に死に装束を忍ばせていたほうがよいのではないか」

五郎兵衛が目を見張った。

「鶴亀鶴亀。縁起でもないことをおっしゃってはいけませぬ」

「だが、もしも身代わりがばれての呼び出しならば、生きては帰れないのだ。潔く将軍の前で切腹して詫《わ》び、皆の命だけは救いたい」

「ばれているなら、城へ呼ばれはしませぬ。山根殿がご上意を伝えれば、それで終わりなのですから」

「そうか」

「さ、山根殿がお待ちです。悪いことは考えずにお支度を」

五郎兵衛の言うとおり支度を終えた虎丸は、山根に従い登城した。

途中、無駄口をいっさいきかぬ山根の態度は不気味だったが、堅物の目付役だからだと自分に言い聞かせて気持ちを落ち着け、供をしてきた五郎兵衛と六左たちとは大手門前で別れた。

伝八一人を連れて本丸に上がった虎丸は、一人で御殿に上がり、そこからは顔見知りの茶坊主に案内されて廊下を進んだ。

今回通されたのは、中奥御殿の座敷だった。

「より上様に、お近づきになられます」

茶坊主が笑みで教える。

八畳の下段の間と、同じ八畳の上段の間からなる小体な部屋は、襖絵《ふすまえ》も落ち着いた山水の物で、黒と白、両書院のように、大名に将軍家の威光を示す荘厳な作りではない。

さらに茶坊主は、

「お父上は、この部屋で上様と雑談をされておいででした」

定義を懐かしみ、目に涙をためて教えてくれた。

虎丸は正座し、茶坊主に居住まいを正した。

「失礼ながら、これまでは緊張のあまり、そなた様の名を聞いておりませんでした」

すると茶坊主は、白髪まじりの眉尻を下げた。

「これは、とんだご無礼を。それがしのほうこそ、嬉しゅうてつい、忘れておりました。改めまして、山路草春《やまじそうしゅん》にございます。草春とお呼びください」

「草春殿、世話になりました」

頭を下げる虎丸に、草春は慌てた。

「引退間近の老いぼれに、頭を下げられますな。定光殿、お励みなされ」

虎丸が顔を上げると、草春も無毛の頭を上げ、にこりと笑って立ち去った。

何か知っているのかと思う虎丸は声をかけようとしたが、ここが将軍に近い部屋だと思い出して自重し、前を向いて正座した。

気持ちは落ち着いているはずなのに、もみ上げに汗が伝い、顎《あご》まで流れた。手の甲で拭《ぬぐ》った虎丸は、ふと気配に気付き、廊下に顔を向けた。そこには誰もおらず、本丸御殿の庭があるのみ。

遠くの空はどんよりとしていて、籠もった音の雷鳴が聞こえた。

一人ぽつんと座る虎丸は、待たされているうちに不安が込み上げ、前を向いて目を閉じた。

その頃、柳沢は唐木一徳を従えて、中奥御殿に続く大廊下を歩いていた。

虎丸が待っている部屋に近い場所で立ち止まり、背後で片膝をつく唐木に振り向く。

「くどいようだが、決して気付かれてはならぬ。二之間に潜み、上様と対面する者の声が、そちらが知る芸州虎丸のものであるか確かめよ」

「はは」

誰か問い返すこともなく応じた唐木は、部屋に向かう柳沢に頭を下げて見送った後に別の廊下に進み、戸障子を開けて二之間に入った。

何も知らぬ虎丸は、正座し続けていた。緊張のあまり、時が経つのを忘れている。すべてを投げ出して逃げたい気持ちになったが、それは一瞬の迷い。じっと上座を見つめ、芸州弁が出ぬよう自分に言い聞かせる。

程なく廊下に足音が近づき、裃《かみしも》を着けた若い小姓から、綱吉《つなよし》が来ることを告げられた。

虎丸は、畳に両手をついて平身低頭した。

頭上を歩く足音が左から右へ行き、正座する衣擦れの音がする。

「葉月殿、面を上げよ」

声で柳沢と分かり、虎丸は緊張した。

「聞こえぬのか」

言われて顔を上げると、厳しい面持ちをした柳沢が見ていた。

前を向けば、上段の間に綱吉が座っており、虎丸は慌てて頭を下げようとしたが、止められた。

「堅苦しいあいさつはよいぞ」

綱吉に言われて、虎丸は居住まいを正し、膝のあたりに眼差しを止める。

柳沢が綱吉にうなずき、虎丸に言う。

「呼びつけたのは他でもない。雲南藩松平家との離縁のことだ。上様は、葉月家のことゆえ胸を痛めておられる。何ゆえそのような運びとなったのだ」

芸州虎丸のことを言われると覚悟していただけに、拍子抜けした。だが、御家と御家の縁《えにし》でもある婚姻は、武家にとっては軽んじることはできない。

虎丸は返答に困った。本音を言えるわけもなく、筑前守から不甲斐《ふがい》ないと思われたことを言おうとして、緊張のあまり声が裏返った。

慌てて咳《せき》をし、しゃべろうとしたが喉の奥に痰《たん》がからみ、

「わたしの不徳のいたすところにて、面目次第もございませぬ」

と、かすれ声で言う。

柳沢がじろりと睨《にら》む。

「その声はいかがした。わざと変えておるのか」

虎丸は、いらぬ詮索《せんさく》を避けるために、もう一度咳をして、自分の声で同じ言葉を繰り返した。

柳沢がしたり顔をしたように思えたが、虎丸にその真意は分からない。

綱吉に膝を転じた柳沢が何か言おうとしたが、その前に、綱吉が虎丸に問う。

「そなたはそれでよいのか。悔しゅうはないのか。極悪の川賊を捕らえ、ようやってくれたと申すに」

虎丸は畳を見つめたまま、

「長らく病床に臥《ふ》せていたこの身でございます。お役目を果たせましたのは、よき家来に恵まれたおかげにございまする」

神妙に言うと、

「家来の手柄を我が物とする者が多いが、そなたは殊勝なことよ。そういうところは、諸大夫によう似ておる」

綱吉にそう返され、虎丸は思わず顔を上げた。目が合ってしまい、慌てて目を伏せる。

綱吉は慌てる虎丸を笑い、柳沢に言う。

「定光は小姓番頭《ばんがしら》を務めた定義《さだよし》の長子じゃ。まずは小姓組として、余のそばに仕えさせてはどうか」

虎丸が驚いて見ると、柳沢は慌てていた。

「見習いをさせると仰せにございますか」

綱吉は、穏やかな顔でうなずいた。

「いずれは、定義のようになってもらいたい。さすれば、筑前守も考え直そうぞ。のう定光、美しいと評判の月姫と、添い遂げたいであろう」

目を向けられた虎丸は、眼差しを綱吉の膝に下げた。返答に困り、そのまま両手をついて頭を下げる。

「どうした。月姫では不服か」

どう答えるか考えれば頭が真っ白になり、

「いえ」

望みどおり離縁すると言うべきところだが、ここは逆らうべきではないと判断し、そう返事をした。

綱吉は満足そうにうなずく。

「さもあろう。月姫ほどの美貌《びぼう》は、めったにおらぬという声もあるほどじゃ。余も一度、顔を見てみたいものじゃ。のう」

向けられた柳沢は、微妙な顔でうなずく。

綱吉の顔から笑みが消えた。

「なんじゃ、小姓組にしとうないのか」

綱吉には決して逆らわぬ柳沢は、

「よろしいかと存じます」

頭を下げて言うが、顔を引きつらせている。

柳沢の表情が見えぬ綱吉は、虎丸に言う。

「定光、そなたの父はまことに優れた者であった。余は、そなたも劣らぬ者と期待しておる。見習いからじゃが、すぐ父に追い付こうぞ。しっかり励め」

ここは観念するしかないと思った虎丸は、平身低頭した。

「はは」

「これを知った筑前めがどのような顔をするか、見たいものじゃ。のう」

ふたたび向けられた柳沢は笑みでうなずき、虎丸には厳しい顔を向ける。

「上様のおそばに上がる日取りは、追って沙汰《さた》をする」

「承知いたしました」

平身低頭したまま返答をする虎丸に、綱吉は満足そうな顔をした。

「楽しみにしておるぞ。今日は大儀であった。下がってよい」

「ははあ」

中腰になり、綱吉に頭を下げたまま部屋から出た虎丸は、待っていた小姓に従い、控えの間に下がった。

綱吉は柳沢に顔を向ける。

「不服か」

「いえ、滅相もございませぬ」

「隠さずともよい。顔にそう書いてある。有り体《てい》に申せ」

しばし考えた柳沢は、膝を向けた。

「では、申し上げます。先ほどの者、実は病弱の定光殿の身代わりではないかと疑《うたご》うております」

綱吉は目を見張ったが、すぐさま疑う目つきとなった。

「その根拠は」

「屋敷で方言をしゃべっていたのを耳にした者がおります。その方言がどこの国のものか調べさせたところ、芸州弁と判明いたしましたゆえ、葉月家の者が川賊討伐で手柄を挙げたこととの繋《つな》がりを調べておりました」

「今ここにおった者が定光でないなら、誰だと申すのだ」

「あの者こそが、芸州虎丸ではないかと」

綱吉は驚いたが、すぐさま笑った。

「疑うておるなら、何ゆえこの場で問わなかった」

「言いわけを許さぬための、証《あかし》を揃えようとしておりました」

「にわかには信じられぬ」

「今の者が芸州虎丸かどうか、隣の部屋に控えておる元公儀隠密《おんみつ》が明かしてくれましょう。唐木」

「はは」

「どうであった」

襖を開けぬまま問う柳沢に、唐木は答えた。

「声は似ているように思えますが、確かかと問われますと、自信がございませぬ」

定光が芸州虎丸だと睨んでいた柳沢は慌てた。

「自信がないとはお前らしくもない。上様がお聞きじゃ。はっきりいたせ」

「おそれながら申し上げます。声は確かに似ておりますが、落ち着いておられ、荒くれ者の芸州虎丸とは似ても似つかぬお人柄とお見受けいたしました」

綱吉は軽やかに笑った。

「柳沢らしくもないことよ。葉月家のことゆえ、目が曇ったか」

笑みを消した顔を向けられた柳沢は、平身低頭した。

「いえ、そのようなことは」

「ならば、妙な言いがかりを付けるのはこれまでといたせ。よいな」

綱吉はそう言って立ち去った。

頭を下げて見送った柳沢は、怒気を浮かべた顔を襖に向けた。歩み寄って荒々しく開け、頭を下げる唐木に吐き捨てる。

「使えぬ奴じゃ。もうよい下がれ」

不機嫌極まりない柳沢に、唐木は両手をつく。

「おそれながら申し上げます。今、江戸の川では川賊の被害が増しております。どうか拙者に、討伐をお命じください」

柳沢は睨む。

「芸州虎丸をおびき出すために川賊の真似をしたことで、賊どもが戻ったと思っているのか」

「お察しのとおりでございます。どうか、お命じください」

「ならぬ！　やると申したからには、早急に芸州虎丸を捕らえよ。次はないぞ。必ず捕らえて連れてこい」

「………」

「返事は」

唐木は平身低頭した。

「必ずや、ご期待に添いまする」

「下がれ」

「はは」

唐木は逃げるように出ていった。

怒りが収まらぬ様子の柳沢は、恐ろしい顔をして見ていたが、

「小姓組で城へ上げるとは……」

急に不安そうな顔をして、自分の部屋へと戻っていった。

四

辞した後にそのようなやりとりがあったことなど露ほども知らぬ虎丸は、青い顔をして小姓に続き、見送られて本丸御殿から出た。

中の口から出てきた伝八が、虎丸の顔色を見て驚き、駆け寄る。

「若殿、お顔色が優れませぬ。何があったのですか」

虎丸は、引きつった笑みを浮かべ、

「ここでは言えぬ」

まだ見ている小姓に頭を下げ、本丸からくだった。

江戸城はとにかく広い。城勤めをする侍も大勢いて、屋敷に引き籠もっているのとは比較にならないほど人と会う。何より、あの柳沢の顔を毎日見るようになるのかと考えると、

「まずいぞ」

つい出た言葉に、伝八が身を寄せる。

「何か申されましたか」

「困ったことになった」

「いったい、何があったのです」

「ああ、困った」

「若殿？」

答えず、まずい、まずい、と繰り返しながら歩く虎丸に、伝八は心配そうな顔をしている。

救いなのは、芸州弁が出ていないところだ。

伝八は、いつ出るかひやひやしながらあたりを見回し、虎丸に言う。

「若殿、息を大きく吸って吐いて、気持ちを落ち着けてください。もう訊きませぬ。まずいことがありましたなら、寝所で皆さんと相談しましょう」

「…………」

「若殿、若殿！」

腕を引かれて、虎丸は伝八に振り向いた。

「すまぬ。聞いていなかった」

「ですから、まずいことがありましたなら、寝所で相談を、と申し上げました」

人目を気にする伝八に、虎丸ははっとしてあたりを見た。

裃を着けている侍が数人足を止め、こちらを見ている。下ばかりを見て歩く虎丸の様子に、城でお叱りを受けたと思ったのか、皆、気の毒そうな顔をしていた。虎丸が苦笑いを浮かべると、侍たちは軽く頭を下げ、神妙な様子で本丸へ向かいはじめた。

どう思われたか、など考えるゆとりもない虎丸は、左手側にそびえる石垣を見上げてため息をつき、また歩きはじめた。

大手門前で待っていた五郎兵衛にも、何も言わずに駕籠《かご》に乗る。

皆が心配する様子が伝わった虎丸だが、屋敷に戻ってもしゃべらず寝所に入り、着替えを手伝う伝八に、竹内と五郎兵衛を寝所に呼ぶよう告げた。

心配そうな伝八は、脱いだ袴を抱えて一旦《いったん》下がった。

上座に正座し、小姓組を告げる綱吉の顔を思い出した。

夢ならさめてくれと思ったが、叶わぬこと。目を閉じ、どうするか考えていたところへ、竹内と五郎兵衛が来た。

後から入った伝八が、六左に廊下を見張らせ、障子を閉めた。

虎丸の正面に正座した竹内が、目を見てきた。

「五郎兵衛と伝八が、若殿の様子が変だと申しています。城で何があったのです」

五郎兵衛が両手をついて続く。

「ばれたのですか」

息を詰めて答えを待つ三人を見た虎丸は、首を横に振った。

「ばれてはいない」

三人揃って、安堵《あんど》の息を吐いた。

「上様から、そばに仕えろと言われた」

次の言葉に、三人が目を見張る。

五郎兵衛と伝八は驚きの声をあげ、竹内は真顔で問う。

「お役目は」

「小姓組だ。初めは見習いとして仕え、いずれは、諸大夫様のようになれと仰せであった」

　動揺を隠せぬ五郎兵衛が、竹内に言う。

「ついに、恐れていたこととなりました。大殿諸大夫様は上様の信頼が厚うございましたから、床上げをされた若殿を召し出されるのではないかと案じておりました。御家老、どうなされますか」

　竹内も動揺しているらしく、答えが返らない。

　不安そうな皆を見た虎丸は、

（このままじゃいけん）

　と思い、微笑んだ。

「仕方ないことだ。断れぬのだから、やれるところまでやるしかない。ばれたらばれた時のことだ。乗った船は沈めん、と約束したとおり、定光殿にかわって励む」

　竹内が見据える。

「笑顔がひきつっておられますぞ」

そう言われた虎丸は、目の前にいる竹内に泣きついた。

「やはりばれる気がする。どうすればよい」

すると竹内は、虎丸の手を取った。

その竹内の顔を見て、思わず身を引く。

「気持ち悪い笑みを浮かべて、いかがした」

「動揺した時に必ず出ていた芸州弁が、出なくなられましたな」

虎丸は驚いた。

「自分では気付かなかった。出ていなかったか」

竹内はうなずく。

「今の若殿ならば心配はございませぬ。葉月家のため、そしてあなた様自身のためにも、しっかりおそばにお仕えしてください」

「まことに、できようか」

「葉月家は長らく小姓番頭を務めた御家。小姓組のことは、我らがご指南いたします」

「しかし、伝八がわたしにしてくれるようなことをするのだろう。こなせる自信がまったく持てぬ」

「考え違いをされますな。それは奥小姓の役目。小姓組の役目は、上様がお出かけの際の身辺警固。江戸市中の巡回、時には、幕府巡見使として諸国に使わされることがございます」

　市中巡回と聞いて、虎丸は目の前が開けた気がした。

　表情の移ろいを見逃さない竹内が、釘《くぎ》を刺す。

「ただし、市中巡回と諸国派遣は、上様が興味を持たれ、知りたいと思われた時のみ。生類憐《しょうるいあわ》れみの令を発布された当初は頻繁に市中巡視を命じられていたようですが、近頃はないと聞いております」

　虎丸はがっかりした。

「では、何をするのだ」

「本丸御殿の紅葉之間《もみじのま》にひたすら詰め、将軍の身辺をお守りすることがお役目かと」

「ひたすら詰め、か。それならば、寝所に籠もることで慣れている」

「いいえ。これが厄介なのです」

　竹内の言葉に、虎丸はいぶかしむ。

「何かあるのか」

「紅葉之間に詰めるのは若殿だけではございませぬ。忙《せわ》しく出入りしている時はよいとして、暇を持て余した時は、ご同輩と密になります。そして、どなたも出世を望んでおられますから、腹の探り合いもあり、人間模様がどろどろしていると、亡き大殿は嘆かれておられました」

虎丸は顔を歪《ゆが》めた。

「出世のためなら仲間を貶《おとし》める者がいると申すか」

竹内はうなずいた。

「決して油断されますな。特に、初対面で軽口をたたく者や、世話を焼こうとする者は危のうございます」

「武蔵屋小太郎は、よくしてくれたが」

竹内は首を横に振る。

「小姓組と市中の商人《あきんど》を同等としてはなりませぬ。出世争いほど醜いことはないのですから」

熱の籠もった声音に、虎丸は返す言葉もない。

焦った様子の五郎兵衛が口を挟む。

「まあまあ、今は様子が変わっておるかもしれませぬし、あまり悪いことばかりを申しては、若殿のやる気が削《そ》がれるというもの。御家老、ここは開き直って、めでたいこととしませぬか」

竹内が真顔を向けた。

「めでたいだと」

「さよう。若殿ならば、いずれ必ずや、諸大夫を任じられまする。将軍家に気に入られれば、葉月家は安泰ですぞ」

楽観的過ぎるほど軽く考える五郎兵衛に、竹内は表情をゆるめない。むしろ、虎丸に対するより厳しい眼差しを向けた。

「出仕の沙汰は明日来るかもしれぬのだ。今は出世のことより、貶められぬ策を考えるべきと思うがどうだ」

五郎兵衛は表情を一変させ、

「ごもっともにございます」

神妙に答えた。

竹内は虎丸に向き、居住まいを正す。

「では、わたしの考えを述べまする」

城での過ごし方を吹き込む竹内に、五郎兵衛と伝八も加わり、熱い指南をはじめた。

虎丸は、所作などをしっかりと身に付けるべく取り組み、それは夜遅くまで続いた。

そして竹内は、

「これがもっとも大事なこと」

と言い、小姓組の者たちの中で、どのように過ごすべきかを告げた。

五郎兵衛と伝八は顔を見合わせ、不服そうな顔をしたが、

「生き残るためには、そうするのが一番かと」

竹内の言葉に納得し、口出しはしなかった。

夜遅くまで続いた指南はやっと終わり、四人で車座になって軽い食事をした虎丸は、

「明日出仕が命じられても、やれそうな気がする」

そう言って安心させた。

皆が下がり、一人で寝床に入った虎丸は、登城と指南の疲れが重なり、悩むこともなく深い眠りについた。

暗闇の中で、柳沢が恨めしそうな顔で両手を前に出して迫り、首を絞めてきた。

「や、やめろ」

息苦しくなり、手を振り払って起き上がろうとしたが身体が動かない。開けた目に映ったのは、じっと見つめる目。

鼻と鼻が付きそうなほど間近にいるのは、鯉姫だった。

口と鼻を塞がれている虎丸は苦しくてもがいたが、上から組み付いている鯉姫をどかせることができない。

呻《うめ》いていると、鯉姫は鼻で息ができるようにし、怒った顔で言う。

「家来に薬代を持たせて、はい、さよならとは、ええ度胸しとるね」

虎丸は首を横に振った。

鯉姫は言う。

「判太郎には会いに行けて、一包先生には会いに来れんのね」

わけがあったと言うため首を横に振るが、鯉姫は離れようとしない。

「まあどうせ、家老らに止められたんじゃろうけど」

うなずく虎丸であるが、押さえる手に力を込められた。

「将軍のそばに仕えるのはほんまなん」

目を見張った虎丸は、抗《あらが》って鯉姫をどかせようとしたが、力を込められ、はずすことができない。

鯉姫は、抵抗する虎丸を楽しむように、いたずらっぽい笑みを浮かべている。

「無駄なことはしんさんな。どうなんね、ほんまに城勤めをするん」

虎丸がうなずくと、鯉姫はため息をついた。

「あんたはほんっまに大馬鹿じゃね。死にたいん？」

首を横に振る気にもなれず、抵抗をやめて力を抜いた。目をつむる虎丸を見ていた鯉姫が、足の力を抜いて横に転がり、虎丸と並んで仰向《あおむ》けに寝た。

「なんで引き受けるん。人が好《い》いにも程があるよ」

「上様から直々に言われたのだ。断ることはできぬ」

鯉姫が顔を向けた。

「やめんさい、その言葉」

虎丸は天井に顔を向けたまま笑った。

「ここで芸州弁が出るようなら、城でも危ういから意識している」

「芸州弁が出んでも、嘘を隠し通せるとは思えんよ。江戸城よ江戸城。どういうところか分かっとるん？」

　虎丸は鯉姫に顔を向けた。

「分かったようなことを言うが、このことを誰から聞いた」

「判太郎よ」

「さすがは札差《ふださし》。耳が早いな。お前たちは、そういう仲になったのか」

「そういう仲ってなんよ？」

「会って話をするほど仲良くなったのであろう。惚れたのか」

「たたくよ」

「鯉姫がそうでなくても、判太郎は気があるかもしれぬぞ」

　腕をつねられ、虎丸は顔をゆがめた。

「痛っ」

「心配して来ちゃったのに、いらんことを言いんさんな」

「竹内も知っているのだから、わざわざ忍び込まなくても堂々と会いにくればよいではないか」

「気持ち悪いけ、ほんまにその言葉やめてぇや」

「そう言うな……」

「奥方がおって《いる》のに、堂々と会いに来れるわけないでしょうが」

虎丸は笑った。

「判太郎は、気を使って言わなかったのだな」

「何をね」

「奥方はもう、この屋敷にはおらぬ。実家に帰った」

「はあ！」

鯉姫は起き上がって顔を見てきた。

「なんで？　離縁するん？」

「おそらくそうなると思う」

「ばれたん？」

「まさか。ばれていれば今頃この世におらぬ。剣術ができないふりをしていたら、舅《しゅうと》殿に不甲斐ないと思われたのだ」

鯉姫は心配そうな顔をした。

「それは口実で、ほんまはばれとるんじゃないん。判太郎は、城勤めは危ない、いうてよったけど、今の話を聞いて、うちもそう思う。登城したら生きて出られんかもしれんよ」

鯉姫は腕をつかんだ。

「ねえ虎丸。守る奥方もおらんのなら、うちと一緒に逃げようや。尾道に帰って、葉月家のことは忘れて暮らしんさい」

「そうはいかぬ」

「馬鹿！」

鯉姫は腕を強く引いた。

「ばれたら死ぬんよ。それでもええん」

虎丸は、鯉姫の手を放して微笑む。

「心配してくれるのは嬉しいが、わたしを頼りにしている者たちがいる。ここで投げ出して逃げるわけにはいかないのだ。大丈夫、昨夜《ゆうべ》皆で策を考えた。そう容易《たやす》くばれはしない」

「ほんまに馬鹿なんじゃけ」

「自分でも、大馬鹿だと思う」

虎丸は笑った。

鯉姫は呆《あき》れたようなため息をつき、立ち上がった。

「来て損した。もう帰るけ」

行こうとする鯉姫の態度が気になった虎丸は、手をつかんで止めた。

「他にも何か用があったのではないのか」

鯉姫はちらと見て、手を引き離す。

「川賊が出ようるのに虎丸が出てこんけ、気になっとったところに判太郎から聞いたけ来ただけよ。話をして分かった。芸州虎丸には、もうならん気なんでしょ」

「なぜ分かる」

「うちの前でも武家言葉を使うけぇ、分かるよね。前の虎丸じゃない気がした」

「それにはわけがあるのだ」

「言わんでもええよ。公儀の川賊のことは判太郎から聞いとる。殺されんように、気を付けんさい」

鯉姫は目を見て言うと、帰っていった。

虎丸は、鯉姫が去った戸口を見つめていたが、まさか、川賊を退治する気じゃないかという思いが浮かび、追って出た。

廊下を庭に向かって歩いていると、伝八が出てきた。

「若殿、いかがされました」

「今、鯉姫が来ていた」

「えっ」

驚く伝八をどかせて庭に出た虎丸は、月光の中を歩く後ろ姿を見つけて声をかけた。

「鯉姫、待て。川賊を退治する気ならやめておけ」

鯉姫は止まって振り向き、

「一包先生のところに来ていた船乗りが殺されたけ、許せん。心配しんさんな。うちは芸州虎丸に勝る海賊じゃけ」

そう言うと白い歯を見せて笑い、走り去った。

「おい、待て」

声をかけたが鯉姫は止まらず、屋敷から出ていった。

追おうとしたが、伝八が前を塞いだ。

「公儀の者が見張っているかもしれませぬ。ここは、どうかご辛抱を」

虎丸は鯉姫が去った庭を見て、身動きが取れぬことに苛立《いらだ》ったが、辛《つら》そうな面持ちをしている伝八の気持ちを察して、顔には出さずに従った。

五

日本橋通《とおり》一丁目の大商人、松屋《まつや》文左衛門《ぶんざえもん》が手土産を持って雲南藩の屋敷を訪ねたのは、鯉姫が虎丸を訪ねた日から二日後のことだ。

「三途《さんず》の川から追い返されてからというもの、このとおり若返った気持ちでございます」

つやつやしい肌の顔をほころばせ、床払いのあいさつをした文左衛門に対し、筑前守は満面の笑みで応じた。

「いや、一時はどうなるかと案じておりましたが、わしと兄弟と言うてもよいほどに、若々しくなられた」

「三途の川の向こうに立っていた巫女《みこ》に、来てはなりませぬ、帰りなされと言われた時、その美しさに驚いて目がさめたのです」

「巫女ですか。我が父が命拾いをした時は、三途の川の向こうに咲いている美しい花に誘われて渡ろうとした時、名を呼ぶ母の声がしたので振り向いたところ目がさめたと、こうおっしゃいました」

文左衛門はうなずく。

「不思議なことはあるものです。せっかく助けていただいた命ですが、寝床に入りますと、あの若くて美しい巫女にもう一度会いたいと、つい思うてしまいます」

「そんなに美しゅうございましたか」

「ええ、それはもう。なんだか力をもらったようで、身体も軽いのですよ」

「ははぁ、そのような巫女に、わしも会《お》うてみたいものです」

文左衛門と筑前守のあいだに身分の隔たりはなく、楽しげに語らい、笑っている。

声を聞きながら廊下を歩んできたお圀は、久しぶりに会う父親に喜色を浮かべ、部屋の前に立った。

「父上、ようおいでくださいました」

文左衛門が会話をやめて顔を向け、優しい笑みを浮かべる。

「お方様、お久しゅうございます」

「そう呼ぶのはおよしになってくださいと申したはずです」

「幕府若年寄《わかどしより》のご側室なのだから、そうはいかんよ」

「お顔色がすっかりよくなられましたね」

「ああ、近頃は、店にも出ているよ」

「これはわしとしたことが、用事を忘れておった。舅殿、ごゆるりとしてくだされ」

筑前守は急にそう言うと、部屋から出ていった。

驚いた文左衛門がお園に言う。

「喧嘩《けんか》でもしたのか」

お園は、苦笑いで頭《かぶり》を振った。

「近頃は物忘れが多いようで」

「まだそういう歳じゃないだろう。お忙しいところを邪魔してしまったようだ」

「気にしなくていいのです。それより、外に出られるようになってほんとうによかった。月姫も喜びます」

「姫は息災かな」

「え、ええ」

「そうそう、姫のことで思い出した。葉月の婿殿は、よかったな。葉月家は安泰ではないか」

お園はなんのことか分からず答えられない。

「なんだい、知らないのかい」

お園は誤魔化し笑いを浮かべ、首をかしげた。

「何かあったのですか？」

文左衛門は自分から伝えられる喜びを得た面持ちとなり、目を輝かせた。

「番頭が聞いて戻った話では、葉月家の若殿様は上様からお声をかけられ、小姓組に召し出されたそうだ。これで、諸大夫は決まったようなものではないか。病弱と心配していたが……」

月姫が離縁の危機にあることを知らぬ文左衛門は、嬉しさを満面に表わしていたが、お囲の表情が曇ったのを見て、いぶかしむ面持ちをした。

「どうしたんだい。嬉しくなさそうだね」

すると、座敷の出入り口で控えていた高島が、筑前守が去った廊下に怒った顔を向け、お囲を見て言う。

「殿はご存じのはず。お方様に黙っておられたのです」

お囲は笑った。

「まあまあ、そう怒らずに」

だが高島は気が収まらぬようだ。

「わたくしの目に狂いはなかったのです。若殿は、きっとこうなられると思うておりました。いいえ、何より姫様がお慕いになるお方なのですから、間違いないのです」

「わたくしが叱られた気分です」

高島は慌てた。

「いえ、そういうつもりでは。だいいちお方様は、若殿のことをご存じなかったのですから当然です」

「そなたの気持ちは分かりますが、定光殿のことは、月姫の耳には入れぬように」

高島は一瞬戸惑う顔をしたが、うなずいた。

「かしこまりました」

これには文左衛門が驚いた。

「めでたいことを耳に入れるなとは、妙なことを言うね。どういうことだい」

お園は父に顔を向け、

「月姫は今、葉月家から戻っているのです。わたくしが、しくじりました」

これまでのことと、今の心情を明かした。

黙って聞いていた文左衛門は、孫娘を想い表情を曇らせ、大きなため息をついた。

「なんとも、それはしくじったね。それで、引き離された月姫は、今どうしているんだい」

「奥の部屋で、何をするでもなく過ごしています」

「それはよくない。こころの病になってしまうよ」

お圀は文左衛門に身を乗り出した。

「おとっつぁん、どうしたらいいでしょう」

腕組みをして知恵を絞った文左衛門は、また、ため息をつく。

「先方からは、離縁を承諾する返事はきたのかい」

「いいえ、まだです」

文左衛門は微笑んだ。

「では、まだ望みはあるということだ。月姫を葉月家に戻したいなら、おとっつぁんが一肌脱ごうじゃないか」

　お圀は驚いた。

「何をされるおつもりです」

「わたしの駕籠に姫を乗せて、送っていくのさ。まだ返事をしていないなら、追い返したりはしないだろう」

「それはなりませぬ」

「どうして」

「こちらから離縁を告げたのですから、小姓組が決まった途端に連れていっては、虫がよいと思われ、姫の立場が悪くなります」

「葉月家の方々は、姫が戻って喜ばないのかい」

「いいえ」高島が口を挟んだ。「きっと受け入れてくださるはずです。若殿は、お優しいお人柄ですし、御家来衆も、心温かい方々ですから」

　文左衛門はにっこりとした。

「どうだいお圀、わたしにまかせてみるかい」

　お圀は考え、首を横に振った。

「やはり、無断ではよくありませぬ。殿を説得しますから、今日のところは」

「そうかい。それじゃ、今はそっとしておくことにしよう。姫の顔を見たいが、またの楽しみにしておこう」

「遠慮なさらず、会ってやってください。姫も喜びます。高島、案内を」

「はい」

　立ち上がる高島を見て、文左衛門は目を細めた。

「それじゃ、可愛い孫娘に会って帰ろう」

　お圀の手を借りて立ち上がり、月姫の部屋に行った。

寂しげな顔の月姫の手をにぎり、頬をなでた文左衛門は、

「こんなに美しい姫を追い返したりはしないはずだ」

唐突に言うものだから、月姫は不思議そうな顔をした。

文左衛門は笑い、

「お前は必ず幸せになれる。大事なのは気持ちだ。人を好くというのは、生きていく上で何よりの宝。お前は今、胸の中に宝を持っているのだから、美しく輝く時なんだよ。そんな顔をしていては、もったいない、もったいない」

顎をくすぐると、月姫は笑みを浮かべた。

「ほら、輝きだした」

愛《いと》おしそうに言う文左衛門は、月姫としばし語らい、

「たまには、日本橋に遊びにおいで」

お囲と月姫にそう言い、帰っていった。

筑前守が奥御殿に来たのは、文左衛門が帰って程なくのことだった。

「茶を頼む」

そう言って、庭に向かってあぐらをかく筑前守に応じて、お囲は茶の湯の支度にかかった。毎日決まった時間に茶を望むため、茶釜《ちゃがま》からはすでに湯気が上がっている。

お囲は、背を向けている筑前守を一瞥《いちべつ》して、茶を点《た》てながら、

「そういえばお前様、上様はたいそう気に入られた旗本を、小姓組として召し出されたそうですね。どなたかご存じですか」

と、鎌をかけた。

筑前守は振り向きもせず、

「いやぁ、知らん」

そう答えた。

「この古狸」

お囲の小声が聞こえた筑前守であったが、やはり振り向かずに言う。

「舅殿は、顔色もよく息災そうであるな。わしらも、歳を取ってもあのようにおりたいものじゃ」

「お前様、今は小姓組の……」

「月には、相応《ふさわ》しい相手を探しておるところじゃ。やはり、大名がよいの」

まったく聞こうとしない筑前守に、お囨は目をつむって肩を落とした。

「どうぞ」

茶碗《ちゃわん》を差し出し、茶釜に向いていると、筑前守は取って口に運んだ。

一口飲むなり目を見張り、吹き出した。

「なんじゃ。苦《にご》うて飲めぬ」

するとお囨が、わざとらしく慌てた。

「姫が望まぬ縁談をすすめると聞いて、つい手元が狂いました」

おほほほ、と笑うので、筑前守は怯《おび》えた顔を庭に向けた。

「定光殿のことを舅殿から聞いたのか」

苦い顔をして言う筑前守に、お囨は膝を転じた。

「はい」

「そうか。鎌などかけず、はっきり訊け」

「申しわけございませぬ」

「して、月は知っておるのか」

「言えるはずもございませぬ」

お囨は筑前守の背中に向かって両手をつく。

「娘の幸せを願われますなら、どうか、想いを聞いてやってください」

筑前守は大きな息を吐き、しばし沈黙した後に告げた。

「幸せを願うからこそ、確かな御家に嫁がせようとしておるのだ」

「はたして姫は、それで幸せになれましょうか」

「案ずるな。定光殿に劣らぬ家柄で優しい者を、必ずや見つけてやる」

「何ゆえ定光殿ではいけないのです」

「もう言うな」

「今の月姫を見てなんとも思われませぬのか。姫は定光殿をこころから慕《しと》うています。何がいけぬのか言うてやらねば、あきらめもつきませぬ」

「…………」

「お前様」

「あの者は危うい」

「今、なんと……」

筑前守は膝を転じてお園と向き合い、目を見た。

「わしはどうも、定光殿を見ると胸騒ぎがしてならぬのじゃ」

「胸騒ぎとは、まさか、御家が潰《つぶ》れるとお思いですか」

「はっきりどうとは言えぬが、気になる」

憂えた顔を見せまいと背を向けた筑前守に、お圀は何も言えなくなった。

苦い茶を飲もうとする筑前守に驚き、

「入れ直します」

茶碗を取ろうとしたが、

「よい」

筑前守は一息に飲み干して置き、表御殿に戻っていった。

廊下で待っていた高島が入るなり、そばに寄る。

「いかがでございましたか」

抹茶の粉がたっぷり残っている茶碗を見た高島は、手で口を塞いだ。

「これをお召し上がりに……」

「高島」

「はい」

「殿は、定光殿が危ういと申されました。そなたはその意味が分かりますか」

高島はしばし考え、探るように言う。

「あるとすれば、伯父御《おじご》の五色四郎殿でしょうか」

「そのことは殿から聞いていますが、わたくしは、別の何かがあるように思えました」

「何かとは」

「それをお前に訊きたかったのです。殿は定光殿に、何を見ておられると思う」

「見当もつきませぬが、強いて言うなれば、亡き諸大夫様と確執がおありだった、御大老格柳沢様の存在でしょうか」

「やはり、そこに行き着きますか」

「小姓組として登城されるようになれば、毎日顔を合わされることになりますから、殿はそこで何か起きはすまいかと、案じておいでなのかもしれませぬ」

「となれば、やはり月姫は早々に戻さぬほうがよいかもしれぬ、ということになりますね」

「わたくしは、そうは思いませぬ。柳沢様とて、定光様と毎日お顔を合わされれば、きっと気に入られます」

「ほほほ、厳しいお前にそこまで言わせるとは。わたくしも、定光殿に会うてみとうなりました」

「それがよろしいかと存じます。お会いになれば、お分かりいただけると思います」

　月姫のことを思うあまり定光のことを熱くすすめる高島を見て、お圀は本気で、どうやれば叶うか考えはじめていた。

だが、高島は急に黙りこんだ。

その様子に、お圀はいぶかしむ。

「いかがしたのです」

「お方様が望まれても、家老の竹内殿が拒むかもしれませぬ。人が若殿を訪ねても、めったに会わせぬことは奥にも聞こえていましたから」

「殿もそのようなことをおっしゃっていました」

　そう言ったお圀の頭に、文左衛門の「わたしの駕籠に姫を乗せて、送っていくのさ」という言葉が浮かんだ。

「いいことを思いつきました。高島、そなた、葉月家に置いている荷物を取りに行きなさい」

　高島は驚いた。

「大方、引き上げていますが」

「忘れ物があることにすればよいのです」

「いったい、何をお考えですか」

「わたくしが行くと申せば竹内殿に拒まれるかもしれませぬから、そなたの侍女として中に入れてもらい、そなたが定光殿にあいさつをする時に、名乗りましょう」

高島はまた驚いた。

「お方様が侍女などと、とんでもございませぬ」

「よいではないですか。元は商人の娘ですから、気にしませぬ」

「お方様がそうでも、わたくしが困ります」

「高島」

「はい」

「これは命令です」

じっと見られて、高島は渋々応じた。

「かしこまりました。おっしゃる……」

「そうだ」

お囲はまた思いついた。

「いっそのこと、月姫も連れて行きましょう」

「それはわたくしも一瞬思ったのでございますが、月姫様のことは竹内殿がご存じですから、ばれまする」

「荷物を運ぶ下女として頰被《ほおかむ》りをさせておけば、ばれやしないでしょう」

「下女！」

絶句する高島に、お圀は微笑んだ。

「月姫のためです。今から使いを出し、明日にでも行きましょう。いや、やはり知らせないほうがいいかしら」

「定光様と姫様をご対面させて、どうされるおつもりですか」

「二人はまだ、面と向かって話をしたことがないのですから、月姫の望みを叶えてやるのです。そしてわたくしは、離縁を拒むよう、定光殿にお願いしようと思います」

「それは、大胆な」

「いやですか」

高島は、むしろ乗り気になった。

「かしこまりました。この高島、命を賭《と》して、必ずや成し遂げまする。一度の機会を逃さぬために、まずは若殿のご在宅を調べてまいりましょう。お目通りは、屋敷に入った後に求めまする」

「そなたにまかせます」

「お方様の大胆さには、この高島、感服いたしました」

「文左衛門の娘ですから」

二人は顔を見合い、笑った。

かくして、男たちが誰も知らぬところで、虎丸と月姫を会わせる計画がはじまったのだ。

六

知るはずもない虎丸は、来る日も来る日も、小姓組としての心得、作法、特に芸州弁に気を付けながら、竹内の指導を受けていた。

「次は、殿中で大名と出会った時のことです。葉月家は将軍家直参であり大名と同じ立場。廊下の端へ寄って片膝をつくのは、御三家をはじめとする将軍家縁者、大老格、老中、若年寄のみ。後の方々は、軽く会釈をする程度でよろしい」

「分かった」

「これが、将軍家にご縁のある大名と旗本です」

五郎兵衛が広げた紙には、尾張、紀州、水戸《みと》の徳川御三家、会津《あいづ》藩《はん》保科《ほしな》家、加賀《かが》藩《はん》前田《まえだ》家、薩摩《さつま》藩《はん》島津《しまづ》家などの大大名から、鷹司《たかつかさ》松平家など、石高は低くとも家格が高い旗本まで記されている。

　その多さに、

（こがにあるんか）

　危うく芸州弁が出そうになり、辛うじてため息にかえた。

　そして虎丸は、慣れ親しんだ家名を見つけて目を見張った。

「五郎兵衛、広島の浅野《あさの》家も、将軍家縁者なのか」

「ご存じありませなんだか」

「村上の親父殿は教えてくれなかった。ご縁があるのは、どの殿様だ」

「御当代綱長《つななが》様は、神君家康《しんくんいえやす》公の玄孫《やしやご》にございます」

　自分がその綱長の落胤《らくいん》であることを知らぬ虎丸は、

「広島の殿様は、将軍家の縁者だったのか」

　江戸に発《た》つ前に広島城で会った綱長の顔を思い出し、懐かしく思った。

　虎丸の出生の秘密を知る五郎兵衛は、広島浅野の名を見つめる虎丸の横顔を、神妙な面持ちで見ている。

　本来ならば、尾道を含む三万石を封《ほう》され、三次《みよし》藩に次ぐ分家の大名となっていた身分。
彼《か》の赤穂《あこう》事件の折り、縁座《えんざ》の危機にあった広島本家を救った葉月家に恩を感じる綱長は、定光に瓜《うり》二つの虎丸を望む五郎兵衛の申し出を快く引き受け、渡してくれたのだ。

そうと知らぬ虎丸は、殿様の命令ならば、と快諾し、五郎兵衛に連れられて故郷を去った。

親子で義に厚い。

五郎兵衛はそう思いながら胸の内で手を合わせ、熱くなる目頭を押さえた。そして、外様《とざま》ではなく、徳川譜代《ふだい》の葉月家に虎丸を入れ、ゆくゆくは老中に、と望んだ綱長の言葉を思い出し、気を引き締めた。

「若殿、殿中でのしくじりは命取りになります。これに記された御家はすべて、覚えてくだされ」

五郎兵衛に言われて顔を上げた虎丸は、

「もう覚えた」

と言い、笑った。

驚く皆に、自慢そうな顔をするでもない虎丸は、竹内に訊く。

「広島の殿様にお目にかかることがあるだろうか」

「ございましょう」

「そうか。嬉しい気もするが、どのような顔をすればよいか不安になってきたぞ」

「片膝をついて頭を下げますから、面と向かうことはないかと」

竹内がそう言った時、廊下に六左が来た。

「若殿、双井屋判太郎がお目通りを願《ねご》うております」

「判太郎が？　珍しいな」

「早急にお伝えしたいことがあるそうです」

虎丸は竹内を見た。

竹内がうなずいてくれたので立ち上がり、表御殿に渡った。

判太郎は、表玄関の前で待っていた。式台に出た虎丸を見るなり駆け寄り、神妙な顔で言う。

「お耳を」

何ごとかと思いながら片膝をつく虎丸に、判太郎は耳打ちした。

「鯉姫が、雑賀の孫一という川賊を捕らえようとして大怪我をしました」

虎丸は思わず判太郎の胸ぐらをつかんだ。

生きられるんか、と言う前に、芸州弁が出るのを警戒した判太郎が小声で制した。

「落ち着いて、他のご家来が見ています」

虎丸はうなずいた。

「生きられるのか」

「会いたがっています。お急ぎを」

「答えてくれ」

判太郎は険しい顔をした。

「一包先生は、五割だと」

虎丸は立ち上がり、六左に履物を出させた。そして竹内に言う。

「鯉姫が死ぬかもしれぬ。止めても行くぞ」

「では、それがしが供をします」

鯉姫は虎丸の命を助けてくれた。

恩に着ている竹内は、珍しく深刻な面持ちで従った。


その時月姫は、高島と母に連れられて、近くまで来ていた。

姫駕籠も使わず、藍《あい》染めの小袖に赤い帯を締めて、高島に付き従う下女になりすまし、頬被りをして歩いている月姫は、葉月家はもうすぐそこだと教えられ、胸が高鳴っていた。

前を歩いていた高島が突然止まり、月姫の袖を引いて路地に隠れた。

お囡が、何ごとかと問うと、高島は路地の角から通りを見た後で教えた。

「今からこの目の前を通られる殿方の先頭が、定光様にございます」

お囡は驚き、月姫は胸の高鳴りが増した。苦しくなり、胸を押さえて息を潜めていると、高島が言ったとおり、三人の男が歩いていった。

虎丸の横顔を見た月姫は、心配になった。

「何かあったのでしょうか。酷《ひど》く、不安そうに見えました」

するとお囡が振り向いた。

「今見ただけで、分かったのですか」

「いつもは、もっと穏やかな顔をしておられますから」

そんな月姫に、お囡は微笑む。

「心配ならば、後を追いましょう」

高島が目を見張る。

「お方様、本気ですか」

「さ、行きますよ」

お囲は高島を差し置いて月姫の手を引き、路地から出た。

高島が追って言う。

「すぐ後ろに付き従っておられるのが家老の竹内殿です。最後尾は、葉月家出入りの札差」

「身分はともかく、三人ともよい男ぶりですね。特に定光殿は、殿から聞いて想像していた人とは別人でした。月姫、遅れてはなりませぬよ」

手を引かれた月姫は、小走りで虎丸を追った。

向かう先は武家かと思っていたが、三人は大通りから外れ、狭い路地の先にある町家に入った。

路地を町の子供たちが走って遊び、にぎやかな場所だ。

「懐かしい」

お囲は、遊ぶ子供たちを見て微笑むが、月姫は、虎丸が入った町家が気になり、中が見える場所を探した。路地を裏に回り、竹垣の切れ目を見つけて顔を近づけた月姫の目に映ったのは、床に座っている若い女と談笑をする虎丸だった。

「大事なくてよかった」

という声が聞こえた月姫は、

「定光様……」

思わず名が出た口を手で塞ぎ、優しい顔で笑う虎丸を見て視界がぼやけた。

よろよろと下がる月姫を抱きとめた高島が、竹垣から中を見て驚き、月姫を案じた。

続いて見たお圀が、ため息をつく。

「来るべきではありませんでした。こうなったのは、すべて殿のせいです。もう腹の立つ。月姫、帰ったら母が、父上をとっちめてやりますからね」

憤って路地を戻るお圀を、高島が追っていく。

「まだそうと決めるのは早うございます。どうやらここは町医者のようですから、養生をしている双井屋の者を見舞われたのかもしれませぬ。お方様、ここは待ちませぬか」

「待っていかがするのです」

「定光様が帰られましたら、わたくしが医者に問いまする」

「されど、知らぬほうがよかったということにならぬか。どう見ても、ただの知り合いには見えぬ」

「月は知りとうございます」

言って歩み寄る月姫に、お園が心配そうな顔を向けた。

「月姫、辛い思いをするかもしれませぬよ」

「それでも知りとうございます」

「よいのですね」

「はい」

「分かりました。では高島、そのように頼みます」

「こちらに」

高島は二人を案内して、出入り口を見ることができる家の軒先を借りた。

路地を行き交う町の者たちが、武家女を珍しそうに見ていく。

高島とお園は、下女の身なりをしている月姫を背後に隠すように立ち、出てくるのを待った。

なかなか出てこないことに高島が苛立っていると、先ほど、路地を表通りのほうへ歩いていった町女と子供たちが、血相を変えて戻ってきた。

「お犬様が来た！」

男児が叫び、走って逃げていく。

路地の先で犬が吠《ほ》え、見た高島が焦った声をあげる。

「お方様、姫様、お逃げください」

言っているうちに犬が走ってきた。人よりも犬を大切にする公儀のせいで、町の者たちは犬に手出しをしないどころか、追い払いもしない。

そのことを知っている犬は、逃げる者たちを追い、吠えている。

犬を初めて見た月姫は、人に向かって牙《きば》をむく黒い犬がこちらに来たことで怖くなり、子供たちに付いて逃げた。

「姫様！」

高島の声も耳に届かず路地を逃げる月姫は、吠える犬に、板塀に追い詰められた。

牙をむき、今にも噛《か》みつきそうな犬に声も出せない月姫は、もう一歩も下がれぬ板塀にぴったりと背中をつけ、つま先立ちになった。

高島は悲鳴をあげて助けに行こうとしたが、お園が止めた。

（もうだめ）

月姫は、あまりの恐ろしさに気を失いかけていた。目の前に人が立ったのはその時だった。

大きな背中が見えたかと思うと、

「わんわんわんわん！」

その人は大声で犬の真似をした。

すると犬は、負け犬の声を一度あげ、走り去った。

目の前で両手を広げていた人は、

「もう大丈夫。怪我はないか」

そう言って振り向いた。

顔を見た月姫は目を見開き、声も出せない。

その人は優しい笑みを浮かべて行こうとしたので、月姫は思わず袖をつかんだ。

どうした、という顔で振り向くその人に、月姫は勇気を振り絞った。

「月です」

「月？」

月姫は頬被りを取り、虎丸を見つめた。

「あなた様の、妻です」

月姫と知った虎丸は絶句し、顔から余裕が失せた。

色白の細面で、右に泣きぼくろ。

聞いていたとおりの美しい顔が目の前にある。

虎丸は目を見開き離れようとしたが、月姫は両手でつかんで離さなかった。

「わたくしは、あなた様をお慕いしています。離縁などしとうございませぬ」

そう言われた虎丸は、月姫の潤んだ瞳に吸い込まれそうになり、身体が強《こわ》ばって動けなくなった。頭まで固まり、かける言葉が一言も浮かばない。

見ていた竹内が、芸州弁が出ると恐れて割って入った。

「月姫様、何ゆえこのようなところにおられるのですか」

「そ、それは……」

戸惑う月姫から、虎丸は目が離せなくなっている。

それまでお圀とにこにこして見ていた高島が、憤慨して歩み寄る。

「竹内殿、どうして邪魔をするのです」

竹内は真顔を向け、高島の横にいるお圀を見て慌てた。

「これは、お方様……」

虎丸は竹内に袖を引かれてやっと我に返り、お圀に頭を下げた。

竹内が、どうしてそのような身なりでここにいるのか訊いた。

高島が子細を話した。その上で、談笑していたおなごとの仲を問われた虎丸は、竹内と顔を見合わせ、気持ちを落ち着かせたものの、どう答えるか迷った。

月姫は、虎丸の袖から手を放し、答えを待っている。

身代わりのため、このまま離縁したほうがいいのだと自分に言い聞かせた虎丸は、鯉姫は想い人だと嘘をつこうとしたが、どうしても言えなかった。

「怪我をしたわたしの許嫁《いいなずけ》を、見舞ってくださったのです」

そう言ったのは、出てきた判太郎だ。

どさくさに紛れて願望を告げる判太郎に、虎丸は苦笑した。

(後でどうなってもしらんで)

そう思いつつ、高島とお囲に向き、何も言わずに頭を下げた。

竹内が言う。

「筑前守様は、このことをご存じなので」

お囲が首を横に振る。

「いいえ。わたくしの実家を訪ねると申して出ました。定光殿」

虎丸は背筋を伸ばした。

「はい」

お圀は穏やかな笑みを浮かべる。

「今日のところはここで失礼しますが、月の想い、分かっていただけましたか」

虎丸は月姫を見た。想いを告げたことを恥じているのか、顔を赤らめてうつむいている。

離縁する、と、言おうとしたはずが、

「嬉しゅうございます」

口をついて出た言葉に自分で驚き、気付けば、月姫と見つめ合っていた。

第四話　新たな疑惑

一

「今、なんと申した」

茶を飲もうとした手を止めた筑前守は、茶釜《ちゃがま》の前に座るお圀を見た。

愉快そうに語っていたお圀が、居住まいを正して繰り返す。

「ですから、定光殿は月姫の気持ちを喜んでおられましたから、離縁は承諾されぬはずだと申し上げました」

筑前守は苛立《いらだ》ち、怒気を浮かべた。

「月を会わせたのか」

「勝手をしたことはあやまります。でも……」

「高島はおるか！」

大声に応じて、廊下に高島が駆け付けた。

「お呼びでございますか」

「月はどこにおる」

筑前守が怒っていることに、高島は動じず、

「ただいま、湯浴みをしておられます」

落ち着いた態度で答えた。

筑前守は荒々しく手招きする。

「中に入れ。障子を閉めよ」

高島が応じると、筑前守は作法もなく茶を片手で飲み、苦々しい顔をする。

「お前たちはまったく分かっておらぬようだから言うておく。葉月家は今、存亡の危機にあるのだ。小姓組と申しても見習い。しかも柳沢様は、益々《ますます》葉月家を疎まれているご様子と聞く。明日がどうなるか分からぬのだ」

お圀が穏やかな顔で言う。

「でもお前様、定光殿は、上様から直々に小姓組を望まれたのですから、安泰では」

筑前守は首を横に振った。

「たとえ上様がおっしゃったことでも、今の柳沢様ならば、潰《つぶ》すことなど容易《たやす》いこ

とだ。現に、定光殿は登城しておらぬ」

お圀は高島を見たが、高島は反論せず、神妙な顔で座っている。

二人を交互に見た筑前守は、お圀に顔を向けた。

「月を思うてしたことであろうが、浅はかなことだ。いずれ公儀から離縁の許しが出る。娘が可愛いなら、二度と今日のようなことをしてはならぬ。よいか」

「はい」

お圀は暗い顔で従った。

「高島も、よいな」

筑前守に厳しい目を向けられ、高島は平身低頭した。

「承知いたしました」

湯浴みから戻っていた月姫は、侍女に髪をすいてもらいながら、己の手を見つめていた。

定光に初めて触れたことを思い出し、胸に秘めていたことを告げた時に見せた驚いた顔が、目を閉じればはっきり浮かんでくる。

慕っていることを嬉《うれ》しいと言ってくれた声。目の動き、息づかい、少し困ったような笑み。考えるだけで胸が苦しくなり、ため息が出る。

会ったことを知らない侍女が心配してきたが、月姫はなんでもないと言い、また、定光のことを想うのだった。


その頃、虎丸は寝所に籠《こ》もり、床の間に向いて座っていた。

月姫と会ったことをまだ知らぬ五郎兵衛は、伝八と次の間にいるのだが、帰るなり考えごとをしている虎丸を案じている。

大きなため息をつくのに驚いた五郎兵衛が、膝《ひざ》を進めて問う。

「若殿、鯉姫はお命が危ういのですか」

「…………」

答えない虎丸に、伝八が不安そうな顔で五郎兵衛に言う。

「きっと危ないのですぞ。ここは、そっとして……」

「まずい、頭から消えん」

虎丸の言葉を聞いた伝八が、小声で続ける。

「芸州弁が出ました。やはり危ないようです」

「五郎兵衛、伝八、どうしょうか。惚《ほ》れそうじゃ」

五郎兵衛と伝八は顔を見合わせ、五郎兵衛が身を乗り出す。

「若殿、息があるうちに、鯉姫に気持ちをお伝えしに戻られてはいかがですか」

虎丸は眉間《みけん》に皺《しわ》を寄せた。

「は？」

「え？」

「鯉姫がどしたん？」

五郎兵衛は慌てた。

「いや、たった今、亡くなりそうな鯉姫に惚れそうだと」

「そがなことは言うとらん。鯉姫は、判太郎が大げさに言うただけよ。怪我はしたが、死にゃぁせん」

「それはようございました」

「ほいじゃけど、川賊がまた出はじめとる。鯉姫を斬った奴らに仕返しができんのが、心苦しい」

「若殿、落ち着いてください。お言葉が素に戻っておられます」

伝八に言われて、虎丸ははっとなった。

「すまぬ。これではまずいな」

すかさず伝八が訊《き》く。

「そこまで動揺された若殿を初めて見た気がいたします。いったい、誰に惚れそうなのですか」

虎丸は顔が熱くなってきた。

「若殿？　お顔が真っ赤ですぞ」

五郎兵衛が言うので、虎丸は膝を転じ、また床の間に向かった。

そばに寄った五郎兵衛が、心配そうに顔を見てきた。

「おっしゃってください。何があったのです」

「一包先生のところで、月姫に会ったのだ」

「さようで……」

言った五郎兵衛が目を見張った。

「奥方様と！」

「大きな声を出すな」

右耳がきぃんとした虎丸は手で塞《ふさ》ぎ、迷惑そうな顔を向けた。

五郎兵衛と伝八が詰め寄る。

「まことですか」

「それでどうなったのです」

二人同時に訊くので、虎丸は苦笑いを浮かべ、出会った時のことを教えた。

「その時、月姫から……」

お慕いしています、と言われた時のことを言おうとしたが、恥じらいと懸命さがまじった顔と、吸い込まれそうな瞳が頭の中に浮かんだ虎丸は、ごくりと喉《のど》を鳴らした。

「やっぱりやめた」

急に口を閉じる虎丸に、身を乗り出していた五郎兵衛と伝八はがっくりした。

五郎兵衛が食い下がる。

「若殿、やめずに教えてください。奥方様に何を言われたのです」

「夫婦《めおと》のことに口を出すな」

「めお……」

驚いた五郎兵衛が、腕をつかんできた。

「さては、奥方様に一目惚れされましたな」

「惚れた、とは言うてない」

「その顔を見れば分かります。月姫様の美貌《びぼう》にやられましたな」

にやけて言う五郎兵衛に、虎丸は背を向けた。

「惚れてもどうにもならぬことゆえ、焦っている。どうすれば、頭から消せるのだ。このような気持ちは初めてだから分からぬ。どうすれば忘れられるか教えてくれ」

五郎兵衛は伝八に顔を向けた。

「どうすればよい」

丸投げする五郎兵衛に、伝八は目を泳がせた。

「それがしに訊かれましても……」

「答えよ。おなごの一人や二人、好いたことがあろう」

五郎兵衛が不服そうに言う。

伝八はにやけた。

「それは、まあ……」

今度は虎丸が身を乗り出した。

「どうやって忘れたのだ」

「嫁いでいきましたから、あきらめたと申しますか、まあ、自然に」

「自然に……」

虎丸には想像できなかった。こうしているあいだも、月姫のことが気になるからだ。

「若殿、無理に忘れずともよいではないですか。月姫様は今も、奥方なのですから」

五郎兵衛にそう言われたが、虎丸は辛《つら》くなるばかりだ。

「会わなければよかった」

ぼそりと言い、ため息をつく。

虎丸の心情が分かる五郎兵衛と伝八は、揃って気の毒そうな面持ちをして、それからは何も言わず訊かず、ただただ見守るばかりだった。

二

虎丸が月姫のことで苦しんでいた時、江戸の川は日増しに治安が悪化していた。一人気を吐き、毎日躍起になって川賊の探索をしていた鬼塚は、被害を受けた荷船屋から寄せられる不満の声に焦り、ついに、音を上げた。

そこで柳沢は、将軍に抗《あらが》い密《ひそ》かに芸州虎丸の探索をさせていた唐木を呼び戻し、鬼塚の与力を命じた。

　葉月家の与力を望んでいた鬼塚は、役宅に来た唐木に対し、あからさまにがっかりした。そして、元隠密《おんみつ》で、芸州虎丸を捕らえようとしていた唐木に、

「貴様が武蔵屋の荷を奪ったりするから、川賊どもが出るようになったのだ」

と、嫌味を言った。

　表玄関から上げてももらえない唐木は、反論するでもなく、恐縮しきりだ。

　そんな唐木の態度に、不気味な奴、と言わんばかりに顔をしかめ、さらに言う。

「淡路の鬼雅を捕らえた葉月家のほうがよかった。そう言われたくなければ、貴様が呼び寄せたも同然の川賊を一人でも捕らえてみせい」

　唐木は無言で頭を下げ、さっそく探索をはじめた。来る日も来る日も、与えられた配下が漕《こ》ぐ早船で大川を廻《まわ》り、怪しい船がいれば容赦なく検《あらた》め、徹底的に厳しくし、

「捕らえられずとも、こうして目を光らせておれば悪さはできぬはずじゃ」

　配下の者どもにそう檄《げき》を飛ばし、大雨の日も、休むことなく川に出た。

　また鬼塚も、唐木に負けず厳しい探索を続けたおかげで被害が減り、十日後には、

「川賊どもめは恐れをなして、江戸から逃げたに違いない」

という声が、荷船屋から出はじめていた。

だが、孫一と駒蔵は、甘い相手ではない。

小舟で遊覧をする者になりすまして様子を探っていた孫一は、共に乗る駒蔵と、何やら相談している。そして、

「では、そういうことだ」

孫一が言うと、応じた駒蔵は別の船にひょいと乗り移り、離れていった。

その翌日。

朝から晴れた大川の探索に出ようとしていた鬼塚の元に、配下の与力が駆け込んできた。

「お頭、千住《せんじゅ》で川賊の動きがございます。川越《かわごえ》からくる荷船を狙う相談をしていたのを確かに聞いたと、旅籠《はたご》から知らせがきました」

千住の旅籠や料理屋のあるじに、怪しい者がいたら知らせるようお触れを出していた鬼塚は、生き生きとして、

「網にかかったな。唐木は今どうしている」

「小名木川の探索をされております」

「では我らのみで向かう。者ども急げ！」

大音声で命じるや船に飛び乗り、舳先《へさき》に立って指揮を執った。

急いで大川をのぼり、千住に到着して怪しい船を片っ端から止めて調べたが、一日中捜しても、それらしい者は一人も見つからなかった。

しかも、川越からの荷船は一艘《そう》も来ない。

「いったいどうなっている。おい、女将《おかみ》に訊いて来い」

鬼塚に命じられた与力が岸に上がり、旅籠に走った。

程なく、でっぷりと太った中年の女将の手を引いて戻り、船着き場でいらいらしながら待っている鬼塚に、

「お頭に、聞いたことをお教えしろ」

厳しい口調で命じた。

ぞんざいな口の利き方をする与力を睨《にら》んだ鬼塚は、女将に柔和な笑みを浮かべた。

「すまんな。皆苛立っておるのだ。確かに怪しい野郎どもは、今日襲うと申していたのか。すまぬがもう一度、思い出してくれ」

女将は今にも泣きそうな顔で頭を下げた。

「確かに、この耳で聞きました。泊まった客が部屋で酒を飲みながら、盗みの相談をしていたんです」

「そこだ。もう一度訊くが、確かに今日やると言っていたのだな」

「はい。あ、あれです。今船着き場に入っていったのが、毎日川越から来る荷船です」

そう言って指差す先に、荷を山積みにした荷船がいた。

鬼塚はあたりを警戒し、配下たちのあいだには緊張がはしり、皆川を見回している。

だが、川賊らしき船は、どこにも見当たらない。

荷船の者たちは、談笑をしながら荷を降ろしはじめ、何ごともなく仕事を終えると、川端の宿に入っていった。

与力が言う。

「川賊は、我々の姿を見て逃げたのでしょう」

何ごともないのは幸いだが、逃がしてしまったと思うと、鬼塚はやるせない気持ちになり、落胆した。

「女将、手を取らせたな。これに懲りず、また頼むぞ」

自分の財布から心付けを渡すと、女将は喜んで帰っていった。

「お頭！」

川岸からの声に顔を向けると、土手の道を急ぐ町駕籠《かご》から手を振る者がいた。止めた駕籠から降り、土手を転げるように来たのは居残り組の同心だ。尋常ならざる様子に、鬼塚は船着き場に上がって行く。

「どうした。何かあったのか」

「やられました。賊の狙いは別の荷です」

鬼塚は、まんまと騙《だま》されたことを悔しがった。

「してやられた！　戻るぞ！」

「お頭、まだご報告せねばならぬことがございます」

「なんだ」

「襲われたのは、幸橋御門《さいわいばしごもん》前で商いをしております、薩摩藩御《ご》用達《ようたし》の奄美屋《あまみや》が所有する千石船。奪われたのは主に砂糖ですが、その中には、薩摩藩から将軍家へ献上される貴重な砂糖も含まれているとのことです」

「何！」

鬼塚は愕然《がくぜん》とした。

「確かか！」

「間違いございませぬ」

「それはまずいぞ。まずい！」

将軍家献上の砂糖が江戸の川で奪われたとあっては、公儀の面目は潰れてしまう。

鬼塚は、顔面蒼白《そうはく》となった。

このことはたちまち江戸市中に広がり、鬼塚への批判、奄美屋への同情、そして、

「芸州虎丸は、いってぇどこで何をしているんだ」

という船乗りたちの声が、日増しに高まっていった。

献上の品を奪われた薩摩藩では、運搬と警固を命じられていた藩士六名が切腹し、奄美屋は闕所《けっしょ》の上、遠島《えんとう》という厳しい罰がくだされた。

この処罰が知れ渡ると、江戸の町では公儀に対する批判がさらに高まり、これを重く見た柳沢は、間を空けることなく、老中たちを本丸御殿の溜間《たまりのま》に集めた。

薩摩の島津家が家中の者を罰したからには、江戸の川を守る公儀としても、何もしないわけにはいかぬ。

そういう空気が、不満を募らせる船乗りたちのあいだに広がり、庶民のみならず、諸大名からも、注目されていた。

この始末をどうつけるか、合議を重ねていたところへ茶坊主が現れ、

「おそれながら、西ノ《にしの》丸《まる》様がお出ましにございます」

と、うやうやしく告げた。

西ノ丸様とは、徳川家宣《いえのぶ》のことだ。

五代将軍の綱吉がもしこの世を去れば、次の将軍の座に就くことが決まっている家宣が来ると聞き、老中たちは居住まいを正した。

小袖《こそで》に黒羽《くろは》二重《ぶたえ》と袴《はかま》を着けた家宣が現れると、皆平身低頭し、柳沢は上座を譲って下手に正座し、迎えた。

家宣は老中たちのあいだを歩んで上座に正座し、皆に頭を上げさせると、柳沢に言う。

「城下が騒がしいようだが、川賊どもが戻ったことへの不満がたまっているように思われる。芸州虎丸を望む声が多いようだが、そなたのせいで出てこなくなったとも聞く。まだ追い回しておるのか」

「いえ」

「ならば、このままそっとしておいてやれ。そもそも頭巾《ずきん》を着けておるのだから、正体を誰にも知られとうないのであろう」

柳沢は神妙な態度で家宣に向き、顔を上げた。

「おそれながら西ノ丸様、また浪人風情になりすまして、市中を出歩かれたのですか」

家宣は見据えた。

「話を変えるな。今は川賊のことを申しておる。先ほど上様に拝謁したが、薩摩に関わることゆえ気にしておられた。これからどうするつもりなのか、余に聞かせよ」

いつになく厳しい家宣に、柳沢は頭を下げ、老中たちに向かって言う。

「薩摩藩が献上の砂糖を運んでいた藩士を切腹させたからには、公儀としては、江戸の川を守る鬼塚をそのままにしてはおけぬ。蟄居《ちっきょ》閉門が妥当と存ずるが、いかがか」

老中の中で、柳沢に異を唱える者はいない。

「よろしいかと」

老中首座の言葉に、柳沢は厳しい顔でうなずき、家宣に膝を転じた。

「かようにいたしまするが、よろしいでしょうか」

「後釜は誰にするのだ」

家宣の問いに、柳沢はすぐには答えなかった。

川賊出現の経緯を知らぬ老中たちからは、唐木を川賊改役にしてはどうか、という声があがり、そうすべきだという意見が大半を占めた。

だが柳沢は、耳をかたむけようとせず家宣に言う。

「奄美屋の船を襲うた賊は、紀州から江戸に逃れた雑賀の孫一だという情報を得ております。紀州藩に問い合わせたところ、確かに、処刑場へ移送する際に逃げられておりました。この者は至極凶悪ゆえ、唐木一人では荷が重うございます。よって、孫一とその一味を一掃するまで、葉月家を川賊改役にするべきと存じますが、いかがでしょうか」

うまく利用しようとする腹を読む家宣は、探る目をした。

「葉月家は上様が小姓組にお望みのはず。そこをあえて遠ざけるは、腹に一物あってのことか」

柳沢は薄い笑みを浮かべる。

「他意はございませぬ。葉月家は淡路の鬼雅を捕らえ、上様より陣羽織を下賜《かし》されたほどの者。早急に孫一とその一味を討伐できるのは葉月家の者しかおりませぬ。どうか西ノ丸様からも、上様にさよう言上していただくよう、お願い申し上げまする」

両手をついて頭を下げる柳沢に、老中たちは驚いた顔をしている。

小姓組に召し出された葉月定光を、ふたたび不浄の役目に戻そうとしていることを、亡き諸大夫との確執による執念と取ったのだろう。

柳沢とは、四代将軍家綱《いえつな》の跡目を決める時から因縁がある家宣は、皆と同じようにはとらえていなかった。

悪い噂が多い男だが、柳沢の人となりを知る家宣は、江戸の川から賊を一掃したい一心と理解し、承諾した。

「あい分かった。これより立ち戻り、上様に言上いたそう」

家宣は立ち上がり、頭を下げたまま送る柳沢と老中たちの前から去った。

三

城でなされていることなど知るはずもない虎丸は、献上の砂糖が奪われたことも耳に入らず、今日も屋敷から出ずにいた。小姓組として登城を命じられた時に備え、朝から、城での心得を学んでいたのだ。

束の間の休息を得て庭に出、池のほとりにしゃがんで水を触っている虎丸は、すっかり気がゆるみ、寄ってきた鯉たちに眼差《まなざ》しを向けているものの、意識はよそに飛んでいる。

月姫から、お慕いしています、と言われた時のことが頭から離れない虎丸は、先ほどからため息ばかりをついていることに、自分でも気付いていない。

目の前で緋鯉《ひごい》が向きを変えて池の底に逃げ、尾ひれで水面《みなも》をたたいたしぶきが顔に散ってきた。

袖で水を拭《ぬぐ》った虎丸は、他の鯉に餌をやり、築山《つきやま》に眼差しを転じる。

月姫はあの後、時々築山に潜んで見ていたことを教えてくれた。ここでこうして、寂《さみ》しそうな顔をしている自分を見ているうちに、こころを引かれたのだと。

次はいつ会えるかと訊かれたが、答えることができなかった。身代わりという後ろめたさが、口を閉じさせたのだ。

別れ際の、不安そうで寂しそうな月姫の顔を思い出すと、またため息が出る。

築山のどこに潜んでいたのだろうと思い、足を向けようとした時、

「若殿」

五郎兵衛の声がしたので振り向いた。

急ぎ足できた五郎兵衛は、明るい顔をしている。

「何かいいことがあったのか」

「判太郎から朗報です。鯉姫が、歩けるようになったそうですぞ」

脇腹を銛《もり》で貫かれていた鯉姫は、幸い急所をはずれて大事にはいたらなかったものの、負けたことを悔しがっていた。相手が、大坂と瀬戸《せと》内《うち》の海にも名が聞こえていた雑賀の孫一だと聞いた時は、肝が冷えた。なぜなら噂では、狙われた者が生きて戻らないと聞いていたからだ。

殺しても死なんようじゃの、と冗談を言っていた時に、竹垣の外で犬が吠《ほ》え、真っ青な顔をした月姫がいたのを思い出す。

「若殿、急にぼうっとされて、いかがなされました」

五郎兵衛に言われて、虎丸は月姫の顔を頭から消して首を横に振った。

「なんでもない。それより、鯉姫は川に出るなどと申しておらぬだろうな」

「そのことは、何も」

「相手が相手だけに、次はどうなるか分からない。そう言うてやりたいが、出るのは控えよう。五郎兵衛、頼まれてくれるか」

「承知しました。今のお言葉をそのままお伝えします」

「すまぬ」

「何を遠慮されますか。屋敷におとどまりくださるのですから、手足となって動きますぞ」

そう言った五郎兵衛は、すぐに出かけていった。

虎丸は、庭に出てきた伝八と一刀流の稽古《けいこ》をはじめた。

大刀を使った剣術は日増しに上達していると伝八は言うが、まだ一度も、参ったと言わせられていない。

木刀を両手でにぎって正眼に構え、一刀流の技を繰り出すが、気付けば喉元に切っ先を突きつけられている。

(村上剣術を使やぁ、負きゃぁせんのに)

胸の内でそう苛立ちながらも、耐えて稽古に励んだ。

ついつい二刀流の癖が出て、にぎってもいない小太刀をにぎった気になり左手で受けようとして、思い切り肩を打たれた。

伝八は、人が違ったように厳しく、容赦ない。

「今のが真剣ならば、お命がなくなっていますぞ」

さあもう一度、と、休ませない。

虎丸も気合いを入れて、木刀を構えた。

伝八と激しく打ち合い、池のほとりまで追い詰められた虎丸は、

「やあ！」

気合をかけて突いてきた切っ先をかわすために、横へ飛んだ。

勢い余り、池に落ちそうになった伝八が、つま先のみで踏ん張って耐えている。

落ちれば鯉たちが驚くと思った虎丸は、帯をつかんで引き戻してやり、稽古を続けた。

五郎兵衛が帰ったのは、稽古を終え、汗を拭《ふ》いて寝所で休んでいた時だ。

冷たい茶を飲んでいるところに来た五郎兵衛は、額に汗をかき、暑そうな顔をしている。

虎丸が茶瓶から湯飲みに注いで渡してやると、五郎兵衛は恐縮して受け取り、飲み干した。

「鯉姫は素直に承知したか」

訊く虎丸に、五郎兵衛は首を横に振る。

「怪我が治るまでに捕まえていなければ、必ず出るそうです。これを若殿に」

手紙を渡され、その場で開いた。

五郎兵衛さんから聞いた。
洟《はな》垂れ。

鯉

（なんじゃこりゃ）

思わず出そうになった言葉をぐっと飲んで五郎兵衛を見ると、五郎兵衛は、とぼけたような顔をする。

文を広げて見せると、五郎兵衛はばつが悪そうな顔をした。

「月姫様とその後どうなったか訊かれましたから、今の若殿そのままをお伝えしました」

「それで、洟垂れか」

「意気地なしじゃけいけん！　とも」

まるで自分の言葉のように強調する五郎兵衛に、虎丸はむっとした。

「人の気持ちも知らぬくせに」

「いえ、十分に察しておいでのご様子。その上で、なめくじのように、ぬめぬめじれったいと、おっしゃっておりました」

虎丸は手紙を丸めて、くず入れに投げ込んだ。

五郎兵衛が言う。

「若殿、鯉姫から、素直になりんさいゆうといて、と、伝言を賜りました。それがしもそう思いますぞ」

「そう言われても、これはかりはどうにもならぬ」

背を向けた虎丸であるが、鯉姫の言うとおりだと思い、横になった。

「おお、御家老」

五郎兵衛の声が背後でして、竹内が虎丸の前に回り込んできた。

横になったまま見上げた虎丸は、無表情ではなく険しい顔をしていることをいぶかしみ、起き上がった。

「小姓組の沙汰《さた》がきたのか」

竹内は虎丸の前に正座した。

「届いたのは川賊討伐の奉書。小姓組のことは、ひとまずお預けとあいなりました」

虎丸は喜んだ。

「柳沢が遠ざけてくれたか」

「そのようですが、理由がいけませぬ。鬼塚殿が、将軍家献上の砂糖を雑賀の孫一に奪われた責めにより、蟄居を命じられました。こたびの奉書は、穴埋めです」

五郎兵衛が驚き、

「それはまことにございますか」

問うのに顔を向けた竹内は、真顔でうなずく。

虎丸は立ち上がった。

「鬼塚殿は、切腹なのか」

「それはないとのこと。あくまで、薩摩藩に対するけじめだそうです。鬼塚様の蟄居は、半年もすれば解かれましょう」

竹内はそう言って虎丸を見上げ、無表情で続ける。

「鬼塚殿は気の毒ですが、これで、しばらくは凌《しの》げます」

「うむ。わたしも今それを考えていた」

何より、葉月定光として、大手を振って早船に乗れることが嬉しい虎丸は、意気込んだ。

「雑魚《ざこ》どもは後回しだ。真っ先に、鯉姫を傷つけた雑賀の孫一を捕らえ、鬼塚殿の無念を晴らす。伝八、さっそく下屋敷へまいるぞ」

「お待ちを」

止める竹内に、虎丸は不服をぶつけた。

「まさか、出るなと言うのか」

「申しませぬ。唐木が、川賊の探索に加わっていると、お耳に入れようとしたのです」

「何、公儀の川賊が、捕らえる側になったのか」

「そのようです。間違えても、唐木の前で村上剣術を使わぬように。念のため、小太刀は置いていかれませ」

伝八が不安そうな顔を竹内に向けた。

「御家老、若殿から小太刀を奪うことは賛同できませぬ。孫一は凶悪ですから、今の若殿が一刀流で戦うのは、危のうございます」

「そなたがお守りしろ」

竹内はそう言って許さない。

伝八は食い下がろうとしたが、虎丸が止めた。

「竹内が言うとおりだ。唐木は油断できない」

「しかし……」

「心配するな伝八。お前が鍛えてくれた一刀流で、孫一を倒してみせる」

だが五郎兵衛と伝八は心配そうだ。

五郎兵衛は竹内と虎丸を交互に見て落ち着きがなく、口の中で何かを言っている。

そして考えをまとめたらしく、竹内に顔を向けた。

「御家老、それがしも船に乗りますぞ」

竹内は真顔を向けた。

「気持ちは分かるが、長らく刀を抜くところを見ておらぬ。無理をするな」

「若殿が得意とされる村上剣術を封じられるなら、この身をもって、お守りしとうございます」

無言の竹内にかわって虎丸が言う。

「五郎兵衛、船の戦いを甘く見るな。竹内と残れ」

「いいえ、お供をします。一人でも多い方が、よいに決まっておりますからな。御家老、よろしいですな。うんと言うてくだされ」

五郎兵衛の勢いに、竹内は承諾した。

「必ず、若殿をお守りしてくれ」

「はは。では若殿、支度をしてまいります」

虎丸は、立ち去る五郎兵衛を見送る竹内に言う。

「どうして許すのだ。川賊との戦いがどんなものか、身をもって知っているだろう」

竹内は虎丸に真顔を向けた。

「察してやってください。五郎兵衛は、そなた様が葉月定光として出役されることが嬉しくてたまらないのです。あなた様をお守りし、万が一命を落とすこととなろうとも、五郎兵衛は本望かと」

「そういうことか」

葉月家のあるじとして出役することを改めて噛《か》みしめた虎丸は、五郎兵衛を死なせはせぬと言い、下屋敷に移る支度にかかった。

四

この夜、深川のとある場所にある料理屋の奥座敷では、女に身を寄せられた孫一が渋い顔をして、酒を飲もうとした手を止めた。

「離れろ」

白粉《おしろい》臭い女が、すねた顔で孫一の首に腕を回し、耳に吐息をかけた。

「やめねぇか」

「お願いしますよ旦那《だんな》。何もしないで帰ったんじゃ、駒蔵さんに叱られるんですから」

孫一は舌打ちをした。

「ったく、駒蔵め、よけいな気を使いやがって」

「お好きなんでしょ旦那。聞いていますよ」

手をつかまれ、しっとりとした柔肌に触れさせられた孫一は、どうにも抑えられなくなり、押し倒して激しく求めた。

「あ、ちょっと、優しくして」

「たまらねぇ」

女の着物を剝《は》ぎ取る様子を襖《ふすま》の隙間から見ていた駒蔵は、にやにやして閉め、酒を飲んでいる卯ノ七のところに戻ると、盃《さかずき》を差し出して小声で言う。

「奪った砂糖を闇に流し、たっぷり稼がせてもらったんだ。少しくらいは、楽しんでもらわねぇとばちが当たる。そうだろ、卯ノ七どん」

「兄ぃ、どんはよしてくださいよ。田舎くさくていけねぇ」

「はは、すまねぇすまねぇ。さ、飲んでくれ」

駒蔵は酒をすすめ、卯ノ七が盃を干すのを待って注いだ。

女がもだえる声に襖を一瞥《いちべつ》した卯ノ七は、場所を変え、縁側に出て中庭を眺めながら、ゆっくりと酒を飲んだ。

横に来た駒蔵が、ふたたび酌をして銚子を横に置き、探る目を向ける。

「川賊改役が蟄居させられたのは、知っているかい」

「そうらしいですね」

「今なら、川の見廻りが手薄だ。日本橋の布問屋が、上物を大量に仕入れるという話があるんだが、どうだい。ざっと勘定をして、五百両にはなるぜ」

「しっ、女に聞かれます」

卯ノ七が言った時、女が悲鳴に近い声をあげた。

「もうだめ。許して。あっ、そこ、うう」

卯ノ七は襖に顔を向けて、鼻先で笑った。

「どうやら、周りの声など聞こえねぇようです」

駒蔵も見て笑う。

「こいつは驚いた。あの女があそこまで夢中になっているのは、初めてだ。どれ、どんな責めをしているのか、見てやろう」

嬉しそうにのぞきに行こうとする駒蔵を、卯ノ七が止めた。

「悪い趣味ですよ。それよりさっきの話ですがね、砂糖にくらべて稼ぎが少ないから、お頭は乗らないと思います。それにお聞きのとおり、兄ぃが連れてきなすった女のことを気に入ったようだから、三日四日は、ここに籠《こ》もりますよ」

　駒蔵はあんぐりと口を開けて、襖に顔を向けた。

「女もなかなかの好きものだ。どちらが先に参るか見物だな」

「そいつはおもしろい。賭《か》けますか。おれは女に一両だ」

「よせよせ、孫一に殴られるぞ。しかし、三、四日とはおそれいった。とてもじゃないが、真似ができねぇ」

「大坂で遊んだ時は、三人の女が腰砕けになっていましたからね。お頭の女好きには、驚かされますよ」

「でもよ、手薄な今を逃すのはもったいねぇぞ。そうと知ってりゃ、女を連れて来るんじゃなかった」

「兄ぃ、ご存じじゃなかったので？」

「付き合いは長いが、前はそこまでじゃなかった。女に勝る、大きな稼ぎはないものか」

　そう言った駒蔵は思案をめぐらせ、何かに思い当たった顔を卯ノ七に向けた。

「相手が大き過ぎるから孫一がなんというか分からないが……」

駒蔵は女に聞かれるのを警戒し、声音を下げる。

「実はな、孫一のために、稼ぎが太い獲物を探しに品川《しながわ》沖まで行こうとしていた時に、いい物を見つけたんだ」

「そいつはなんです」

「甲府《こうふ》浜屋《はまや》敷《しき》の先にある紀州藩下屋敷の沖に、紀州藩御用達の船がいたのさ」

卯ノ七が身を乗り出す。

「まさか、白浜屋《しらはまや》市兵衛《いちべえ》の千石船ですか」

「ほほ、やはり知っていたか」

「当然ですよ。何かお宝を積んでいる様子ですか」

「そこまでは分かっちゃいない。みかんを運ぶ時季じゃないが、紀州藩御用達の船だからな。一応、孫一の耳に入れてみようか」

「どんな船でした」

「ええ？」

「舳先に、金の葵《あおい》の御紋が付いていませんでしたか」

駒蔵は顎《あご》をつまんで考え、すぐに思い出したようだ。

「あった。確かにあった」

卯ノ七は嬉々《きき》とした目つきとなる。

「そいつは、お宝を運ぶ船ですよ。普段は白浜屋の船蔵に収まっているという代物ですが、こいつが動く時は決まって、高直《こうじき》な荷物を運ぶんです」

駒蔵は身を乗り出す。

「大名道具というやつか」

「そういうことです。荷物を降ろしていましたか」

「いんや。着いたばかりのようだったからしばらく見ていたが、荷は降ろさなかったな」

卯ノ七の目つきが変わった。

「となると、江戸からお宝を運ぶ気だ」

そう言うと、盃を置いて立ち上がった。

駒蔵が見上げる。

「どこへ行く」

「調べてきます」

「夜にかい？」

「朝から調べるために、向こうで適当に宿を探します。お頭を頼みます」

卯ノ七はそう言うと、別の部屋にいた手下どもを連れて出ていった。

その卯ノ七が戻ってきたのは、二日後だ。

あれから駒蔵に大まかな話を聞いて女を帰していた孫一は、今か今かと待っていた。

部屋に入ってきた卯ノ七を見るなり、悪い笑みを浮かべる。

「その顔は、いい話のようだな」

卯ノ七は座り、目を輝かせて言う。

「殿様が集めた茶道具や刀剣、そして諸国の大名から手に入れた家具などを運ぶようです」

「ほぉう。そいつはお宝だ。吉宗《よしむね》が倹約を好むとしても、御三家の殿様だ。茶道具と刀剣だけでも、万両の値が付く代物だぜ」

「藩主になって初めての、お国入りが近いのではないかという噂ですから、家具もきっと上物ですよ」

「となると、守りが厳しいぞ」

「そこです、おれが一番に教えたかったのは」

「どうした」

「江戸の白浜屋に、伊藤の野郎がおりやした」

孫一の顔が一変した。

「野郎、生きてやがったか」

恨みに満ちた言いぐさに、共にいた駒蔵が訊く。

「何者だ」

孫一がじろりと目を向けた。

「しつこくおれを追い回す紀州藩の船手方だ。さては、おれが江戸にいると知って、警固を買って出やがったな」

駒蔵は不安そうな顔をした。

「そんな野郎がいるのは厄介だ。どうする」

「お宝を見逃す手はない。卯ノ七」

「へい」

「船が出る日を調べたか」

「抜かりはございません。船乗りを酔わせて探りましたら、明後日《あさって》だと言っておりやした」

「ようし。伊藤め、とどめを刺してやる」

「どうやって襲う」

訊く駒蔵を、孫一は手招きし、策を耳打ちした。

離れて、

「どうだ。妙案だろう」

薄笑いを浮かべる孫一に、駒蔵はごくりと喉を鳴らした。

「本気でやるのか」

「吉宗が乗るわけじゃぁねぇのだし、船手方がいると言っても、しょせんは商家の船だ。お宝を奪い、皆殺しにしてやる」

自信満々の孫一に、駒蔵は悪い笑みを浮かべた。

「おもしろい。おれも手伝おう」

「おう。助かる。分け前ははずむ」

「楽しみだ」

「卯ノ七、焙烙玉《ほうろくだま》をたっぷり作っておけ」

「承知しやした」

「そうと決まったら、なんだかうずうずしてきやがった。駒蔵、女を呼んでくれ。

今朝帰した女を呼び戻せ」

「同じのでいいのかい」

「あの女の肌の柔らかさが、忘れられねぇ」

股間《こかん》に手を当てて笑う孫一に、駒蔵はあきれた笑みを浮かべて、呼びに行った。

五

本所《ほんじょ》の下屋敷に移っていた虎丸は、船に慣れない葉月定光を演じて鍛錬に励み、今日はいよいよ、川に出ることとなった。

亡き升介《ますすけ》が魂を注ぎ込んだ早船の前に立ち、手を合わせてから乗り込んだ。

（升介、やるけぇ見とってくれよ）

胸の内で言い、勢いよく乗る姿に、先に乗って待っていた高里が慌てた。

「危ない」

だが、虎丸が猫足のごとくしなやかに降り立つのを見て、驚いたようだ。

「たった一日で、船に慣れたようですね」

虎丸は、笑って誤魔化す。

「実は夕べ、密かに小舟を出して鍛錬をしたのだ。のう、五郎兵衛」

急に振られた五郎兵衛は、困惑した顔をしていたが、すぐに話を合わせた。

「さよう。寝不足をされたおかげで、ずいぶん様になりましたな。さすがは若殿、飲み込みが早《はよ》うござる。もうすっかり乗りこなされて、船上で剣術稽古までされたのですから、どこから見ても、立派な川賊改役の頭領です」

苦しそうに言葉を並べる五郎兵衛だが、同心の柴山昌哉《しばやましょうさい》は信じ込み、感心した顔を虎丸に向けている。

「それがしも昨日、若殿を見て飲み込みが早いと思うておりました。今日一日、励みましょう」

張り切って言う柴山に、虎丸はうなずく。

「では、まいろうか」

応じた高里の号令で船着き場を離れた早船は、静かに川面《かわも》を滑りはじめた。

舳先に立った虎丸は、覆面を着けず船に乗れる喜びを噛みしめつつ、さっそく、怪しい動きをする船はいないか見回した。

手を振っている船乗りがいることに気付いて目をとめると、頼みますよ、と、大声で言っている。

葉月家の船と見た船乗りが、期待を込めて言っているのだ。

虎丸は手を上げて応じ、早船は河口を目指した。

永代橋を潜った時、前から来る荷船に武蔵屋小太郎が乗っているのが見えた。

虎丸は一瞬焦ったが、素顔を見られたのは初めて会った時の一度きり。覚えていないはずだから慌てることはない、と、都合よく考えて自分に言い聞かせ、針路を変えさせなかった。

互いに近づき、すれ違う際に、小太郎がこちらを見てきた。

虎丸は目をそらそうとしたが、じっと見ていた小太郎が、気付いたように頭を下げた。

「お役目、お疲れさまにございます。お頼み申します」

小太郎に続き、船を漕いでいた秀も頭を下げた。

虎丸はじっと見て軽くうなずき、前を向いた。

（いっそ《まったく》気付いとらんの）

二度と芸州虎丸にならないのだから、小太郎たちとは親しくできぬ。

小太郎たちの荷船がすれ違ってゆく。

黙って前を向く虎丸の様子を見ていた五郎兵衛が、そろりと歩んで近づき、小声で言う。

「若殿、寂しいですか」

虎丸は五郎兵衛に振り向き、笑みを浮かべた。

「いや。と言えば嘘になるが、いずれ、川賊改役として会うことがあるだろう」

「はい」

五郎兵衛は、遠ざかる武蔵屋の船を見つつ、穏やかな顔で言う。

「若殿と早船に乗る日が来ようとは、思うておりませなんだ」

「船は気持ちよいな」

初めて感じることのように言うと、五郎兵衛は賛同した。

「しかし、こうして川に出てみると、船の多さに驚かされます」

「にもかかわらず、町中にくらべて役人が少ない。賊にとっては、悪事を働きやすい場所になっている」

「船手方は、賊よりも、抜け荷と鉄砲が江戸の町に入らぬよう、荷を検めることに重きを置いておりますからな」

五郎兵衛の言うとおりだと、虎丸も思う。

「賊よりも、鉄砲が恐ろしいということか」

「さよう。江戸は将軍家のお膝元。公儀は、諸大名の鉄砲密造を想定して日頃備えておりますから、謀反を警戒して、特に厳しくしているのです。それゆえ小姓組も、将軍家をお守りする重要なお役目というわけです」

五郎兵衛はるる述べるが、虎丸にはぴんとこない。将軍家は城に守られ、命を狙う者などいないと思っているからだ。

強い者より、弱い者を助けたいと思う虎丸には、川賊改役のほうが性に合っているが、口に出しても仕方のないこと。

「五郎兵衛」

「はは」

「今は、川賊を見つけることが役目だ。気を抜かずいくぞ」

「承知」

虎丸の気持ちを察したのか、五郎兵衛は真剣な眼差しで川を見渡した。

幸い、この日も川賊は現れず、何ごともなく帰ることができた。

賊の手がかりを得られぬのは残念だが、一人も不幸な目に遭わないほうが望ましい。

船着き場に帰着し、家来たちを労《ねぎら》った虎丸は、五郎兵衛と伝八を従えて下屋敷に戻った。

竹内が来ており、六左と共に待っていた。

「今日はいかがでございました」

居室に入るなり訊く竹内に、虎丸は上座に正座して答える。

「怪しげな船もおらず、穏やかな一日だった」

「それは何より。このまましばらく川賊が大人しくしていてくれれば、小姓組も遠のくというもの」

「うむ。そのうちに上様の気が変わって、小姓組の話がなくなれば、もっとよいのだが」

竹内は真顔でうなずいた。

「そのためにも、あまり本気にならず、荷船を守ることに専念なされませ」

虎丸は驚いた。

「川賊を捕まえるなというのか」

「今の我らにとっては、必要悪かと。葉月家が目を光らせておると知れば、賊もなかなか動けぬはず」

「雑賀の孫一がまだ江戸にいるなら、このまま大人しくしているとは思えぬ。鯉姫や船乗りのためにも、奴は早々に捕らえたい」

「そうおっしゃると思い、奪われた砂糖の行き先を六左に探らせておりますが、それらしい物は何もつかめておりませぬ」

竹内が言うと、廊下に控えていた六左が頭を下げるのが目に入った。

虎丸は六左に、

「引き続き頼む」

そう言い、着替えに立った。そこへ、下屋敷詰めの家来が来た。

「ご無礼つかまつります。唐木一徳殿がまいられ、若殿にお目通りを願われておられます」

竹内が振り向く。

「若殿の在宅を告げたのか」

「いえ。誰が来ても伏せるようおっしゃった御家老のご指示どおり、何も言わずお待ちいただいておりまする」

「それでよい。わたしが会うと言い、客間にお通ししろ」

「はは」

家来が立ち去ると、虎丸は竹内に訊いた。

「相手は唐木だぞ。不在にして帰せばよいものを、会《お》うてどうするつもりだ」

「おそらく奉書のことを知り、あいさつに来ただけでしょう」

「では、会わなければまた来るのではないか。顔を見られていないのだ。あいさつくらいなら心配なかろう」

「若殿は目力が強いゆえ、面と向かえば気付かれるかもしれませぬ。ここは、わたしにおまかせを」

「そうか。分かった」

客間に向かう竹内を見送った虎丸は、五郎兵衛に言う。

「どうにも気になる。客間の声を聞ける部屋に案内してくれ」

「なりませぬ。万が一に気付かれれば、怪しまれます」

「大丈夫。気付かれぬ自信がある。早う」

急《せ》かすと、五郎兵衛は渋々応じた。

竹内と向かい合った唐木は、不服そうな顔をした。

「定光殿に目通りを願ったはずだが……」

「あいすみませぬ。若殿はまだ、戻られておりませぬゆえ、家老のわたしが承ります」

唐木は鋭い眼差しとなり、程なく、ふっ、と息を吐いた。

「それがしが定光殿を芸州虎丸と疑い、確かめに来たと思うておるなら、案ずるな。上様は御大老格に、芸州虎丸を捜すことをお禁じあそばされた」

竹内は即座に言い返す。

「我があるじが、芸州虎丸だと思われているのですか」

「そういう声もある、と言うておこう」

じっと見つめる唐木に、竹内は真顔を崩さない。

「川賊を討伐し、江戸の民から慕われている芸州虎丸だと思われるのは、若殿にとってはむしろ、喜ばしきことでありましょう」

唐木は、竹内の嘘を見抜こうとしていたが、あきらめたような笑みを浮かべた。

「まったくもって、芸州虎丸は謎多き者。今思えば、もう少しじっくり語ればよかったと、後悔しておる」

「ほう、面と向かわれたことがおありなので」

とぼける竹内に、唐木はうなずいた。

「頭巾を剝ぎ取って、顔を見ておくべきだった。それはさておき、まずは、川賊改役を拝命されたこと、お祝いを申し上げる」

「奉書川賊改ゆえ、一時のことではございますが、どうぞ、よしなに」

「お願いするのはこちらのほうだ。本日は、今江戸の川を荒らしている賊の情報を知る者を紹介したく、足を運んだ。表で待たせておるゆえ、定光殿のお戻りを待たせていただきたい」

「その御仁は、何者ですか」

竹内が訊くと、唐木は、頰の傷を指でなぞって見せた。

「ある場所でこの傷を負った時に、助けてくださった命の恩人だ」

「そのようなお方を外で待たせては無礼となりましょう。六左、お通しいたせ」

「はは」

応じた六左は、表に呼びに向かった。

そして、程なく案内してきたのは、浪人姿の男。

廊下に正座する浪人者を、唐木が紹介した。

「この御仁は、紀州藩で船手方を率いておられた」

「伊藤重正にござる」

名乗った伊藤は、顔や喉に、まだ痛々しい傷痕《きずあと》が無数にある。

竹内が気にしていることを察した伊藤は、うつむき気味に言う。

「薩摩藩の砂糖を奪った川賊のことは聞きました。手口からして、雑賀の孫一の仕業に違いござらぬ。この顔は、捕らえた孫一を刑場へ移送していた際に、焙烙玉でやられました」

竹内は険しい顔をした。

「孫一は、焙烙玉を使うのですか」

「いかにも。紀州の海では、捕り方が何人もやられています。くれぐれも、お気を抜かれませぬように」

「後は、定光殿がお戻りになられてからお話しされよ」

唐木に止められ、伊藤は口を閉ざした。

他意はないと見た竹内は、虎丸を呼ぶことにし、二人を待たせて座をはずした。

隣の部屋に潜んでいた虎丸は、急いで居室に戻った。

どうだったか問う五郎兵衛に、虎丸は落ち着いて言う。

「上様は、芸州虎丸の探索を禁じられたそうだ」

五郎兵衛が片眉《かたまゆ》を上げる。

「嬉しそうなお顔をしてもだめですぞ、出てはなりませぬ」

「分かっている。もう芸州虎丸になる必要なく出られるのだから、危ないことはしない」

「ではよろしい」

五郎兵衛が安堵《あんど》したところへ、廊下を回って戻っていた竹内が呼びに来た。

隣に潜んでいたことは伏せておき、共に客間に向かう。

「着替えずにおいてよかった。これだと、今帰ったように見えるな」

そう言いながら廊下を歩き、上座側から入ると、下座で待つ唐木と伊藤が揃って頭を下げた。

竹内が二人に言う。

「殿は今、お戻りになられた」

「お二人とも、面をお上げください」

虎丸が言うと、唐木が応じて、じっと顔を見てきた。

虎丸はどきどきしながらも、座して目を離さない。

すると唐木が、

「お初にお目にかかります」

と言って名乗り、続いて伊藤が名乗る。

唐木は伊藤を見つつ、改めて紹介した。

「それがしは以前、公儀の密命を受けて諸国を旅しておりましたが、あるお役目でしくじり、追われていた時、この伊藤殿に助けられたのです。以来、なんの礼もできていなかったのですが、その時がきました。葉月殿、伊藤殿が追う雑賀の孫一を捕らえるために、是非とも、お力添えを賜りたい」

虎丸は伊藤を見た。痛々しい顔の傷が気になり、訊かずにはいられない。

「その傷を付けた孫一を追うために、浪々の身となられたのか」

伊藤は顔を伏せて言う。

「斬首《ざんしゅ》が決まった孫一を刑場に移送中に襲われ、取り逃がしました。本来なら切腹のところを、江戸におわす藩主吉宗様のお慈悲により追放となり、今は、孫一と出会うことを願い荷船に乗っております。そしてこのたび、国許《くにもと》に吉宗様がお入りになられた時のために集められた新しい調度品が送られることとなり、船を守って江戸に来たのです。そして昨日、荷船屋の白浜屋がある町で孫一の手下を見かけ、次の狙いは我ら紀州藩の船に違いないと思い雇い主に申しましたところ、川賊改役に知らせると申しますので同道し、思わぬ再会をしたのです」

虎丸はうなずいた。

「唐木殿は、さぞ驚かれたでしょう」

唐木は険しい顔をした。

「初めは、名乗られるまで分かりませんでした。伊藤殿から孫一の凶悪ぶりを聞き、あまりの痛々しさに声も出ず、ただただ、腹が立つばかりでござる。孫一は油断ならぬ相手。重ねて申す。孫一とその一味を一網打尽にするため、是非とも、我らにお力添えを賜りたい」

「喜んでお力になりましょう」

虎丸が応えると、唐木と伊藤は明るい顔をした。

伊藤が両手をつく。

「御家《おんけ》のご活躍は、唐木殿から聞いております。これで、千人力を得たも同じ。かたじけのうござる」

虎丸は首を横に振った。

「礼を言うのはこちらです。孫一の手がかりを得られず、困っていました」

竹内が続いて口を開いた。

「唐木殿、策があるなら教えていただきたい」

「うむ。伊藤殿」

唐木に応じた伊藤が、懐から紙を出して広げた。江戸湾の絵図だ。

「ここが甲府浜屋敷で、白浜屋の船は、紀州藩下屋敷の沖にとまっています」

地図を示され、虎丸と竹内はのぞき込んだ。

伊藤が続ける。

「明朝五つ（八時ごろ）より、下屋敷から荷が運ばれます。数は多くなく、荷船二艘に積み込み下屋敷を出ますので、狙われるとすれば、千石船に到着するあいだかと」

伊藤の読みを、虎丸は疑問に思った。

「紀州藩から警固は出ぬのか」

「出ることになっていましたが、それがしが頼み、手薄にしました。そのほうが、狙われやすうございますから」

竹内は伊藤を見据えた。

「さては、二艘の船は囮《おとり》。中は空か」

伊藤は首を横に振った。

「そうするつもりでしたが、吉宗様が小細工をせず本物を運べと仰せになり、そのようにいたします」

竹内は感心した。

「なるほど。吉宗様は、孫一を侮っておられないご様子」

「そのとおりです。ご尊顔を拝したことはございませぬが、若き殿様は、それがしのような者を信じてくださっておられます。その期待に応《こた》えるためにも、必ずやこの手で、孫一を捕らえたいのです」

「本物か」

竹内はぼそりと言い、虎丸を見た。

「荷を奪われれば、鬼塚様のように蟄居となりましょう。気を抜けませぬぞ」

そうなれば、小姓組は立ち消えとなる。

それはそれでよい、と、ちらと脳裏をかすめた虎丸だったが、必死の形相を向けている伊藤を見ると気の毒になり、

「明日は必ず、孫一を捕らえましょう」

つい、口を突いて出た。

視線を感じて眼差しを転じると、唐木が唇に笑みを浮かべ、人となりを見定めるような目を向けていた。

（やっぱり疑ようる）

虎丸はそう感じたが、心中を見抜かれぬよう何食わぬ顔で過ごし、それから一刻《いっとき》ほど合議を重ね、明日のことを綿密に決めた。

「では、そういう手はずで」

「承知しました」

虎丸が唐木に応じると、唐木と伊藤は揃って頭を下げ、帰っていった。

虎丸は竹内と居室に戻り、皆で車座になった。開口一番に不安を訴えようとしたが、その前に竹内が言う。

「若殿、唐木殿は、やはり疑っているようです」

「今それを言おうと思っていた」

竹内はうなずく。

「上様が芸州虎丸の探索を止められても、油断は禁物。明日は何があろうと、先日唐木殿に見せた技を使ってはなりませぬぞ」

「分かった」

「ではこれより、船手方の者を集めて明日のことを告げましょう。若殿が思うように剣を使えぬ分、高里と柴山には、大いに働いてもらいます」

虎丸はうなずき、皆と大広間に向かった。

その頃、帰途に就いていた唐木は、強い味方を得て喜ぶ伊藤に、不思議そうな顔をされていた。

「唐木殿、いかがされた」

唐木はちらと見て、笑みを浮かべる。

「いや、なんでもござらぬ」

「そのようには見えないが、賊のことで、何か心配事がおありか」

唐木は橋の上で歩みを止め、悩んだような顔を向けた。

「葉月定光殿を、どう思われました」

「なんです、いきなり」

「伊藤殿の意見を聞きたいと思いまして」

伊藤は腕組みをして考えた。

「感じたのは、怯《おび》え、ですかな」

「怯え……」

「はい。唐木殿を見る定光殿は、どこか怯えがあるように感じました。ですが、それは初めだけですぞ。雑賀の孫一のこととなると、目つきが一変して、勇ましくなった気がします。あの目はいい。光がある。定光殿ならば、必ずや、強い味方になりますぞ」

大いに期待する伊藤を横目に、唐木は虎丸の顔を思い出していた。

「目ですか。確かにおっしゃるとおりかと。あの若者がどのような働きを見せてくれるか、今から楽しみになってきました。特に、剣術に興味があります」

「剣術、ですか」

「さよう。揺れる船の上でどのように戦うか、見物ですぞ」

唐木はそう言って歩みを進め、含んだような笑みを浮かべた。

六

翌朝、屋敷に残る竹内に見送られた虎丸は、まだ薄暗いうちに出船し、家来たちと大川をくだった。

江戸湾に出て、甲府浜屋敷沖を通過する頃には、すっかり日が昇り、風がない海面は鏡のように輝いている。

青い海に浮かぶ千石船は数多く、早くも江戸を発《た》つ船があれば、荷船が横付けして、忙《せわ》しく荷を積み込んでいる船もいる。

「まだ時があります。周囲を見回りますか」

提案したのは高里だ。

孫一の一味がどこかで見ているなら、葉月家の早船を見て逃げるかもしれぬ。

そう思った虎丸は、周囲に怪しい船がいないのを確かめ、高里に言う。

「これよりは、昨日打ち合わせたとおりにする。皆、かかれ」

応じた漕ぎ手たちが、早船とばれぬよう六本の艪《ろ》を上げて隠し、一人の漕ぎ手が、船尾に付けている一本の艪を漕ぎはじめた。荷船に化けるためである。

そのため、五郎兵衛や伝八を含め、早船に乗る者たちは皆人足の身なりをして、武器は木箱に隠している。

さらに進むと、白浜屋の船は伊藤から言われた場所にいた。紀州徳川家御用達の看板を誇らしげに立て、船首には葵の御紋が輝いている。

船上には人影があるものの、肝心の荷は、まだ運ばれている様子はない。

頬被《ほおかむ》りをしている虎丸は、用心深く船に目を配った。

やがて、刻限となった。

紀州藩下屋敷の水門が開き、荷船が出てきたのは程なくのことだ。

船は二艘。守る軍船《いくさぶね》は一艘。積荷は葵の御紋が目立つ布で覆われ、数名の藩士が守っている。その中に、伊藤の姿も見えた。

虎丸の後ろにいる高里が、配下の者に振り向いた。

「守りが手薄だ。怪しい船を見逃すな」

「おう」

声を揃える家来たちを、虎丸は頼もしく思う。

荷船は虎丸たちの近くを通り過ぎていった。伊藤がこちらに気付いたが、軽く頭を下げたのみで、前を向いた。

荷船は千石船に横付けし、待っていた人足たちが積み込みにかかる。

海を見ている高里が、警戒を解かず虎丸に言う。

「賊が来る気配がまったくございませぬ。やはり紀州藩を恐れて、襲わぬのでしょうか」

虎丸はうなずきながらも、唐木の船がいないことが気になっていた。

「どっか……」

(どっか《どこか》で孫一と出くわしたんじゃろうか)

と言いそうになった虎丸は、口を閉ざした。

「どっか？　と申されますと？」

耳がいい高里に訊き返され、どう誤魔化すか返答に窮していると、五郎兵衛が口を挟んだ。

「若殿は潮風で喉がお渇きで言葉がつかえられたのだ。しばし待て。殿、お水を」

竹筒を渡す五郎兵衛が、芸州弁を出しそうになったことを咎《とが》めるように、じっとりとした目を向ける。

虎丸は苦笑いで受け取り、一口飲んだ。そして、改めて言う。

「どこかで、孫一の一味を見つけられたかもしれぬ」

「若殿、あそこにおります」

言ったのは伝八だ。

指差す先は白浜屋の船。虎丸が見ると、唐木は千石船の上にいた。しきりにあたりを見ているが、まだこちらには気付いていないようだ。

五郎兵衛が不服そうに言う。

「昨日の打ち合わせと違うようですが、どういうことでしょうか」

「急遽《きゅうきょ》変えられたのであろう」

「一言あってもよいと思いますが。やはり、食えぬ男です」

一度は虎丸を捕らえようとした唐木を悪く言う五郎兵衛に、虎丸は言う。

「千石船に乗り込んで守るのは、悪い手ではないと思うぞ」

虎丸が感心していると、五郎兵衛が言う。

「しかし、賊は来ませんな。守りが手薄なことで、罠《わな》と警戒しているのでしょうか」

「それはそれで、よいことだ。伊藤殿は口惜《くや》しいだろうが、白浜屋の船は何ごともなく江戸を去り、我らは川賊改役を続けられる」

虎丸が笑って言うと、五郎兵衛も笑みを浮かべた。

「何か様子が変です」

伝八が言うので千石船に目を戻した虎丸は、眉間に皺を寄せた。

荷を積み終えた荷船が離れようとせず、伊藤と藩士たちが、千石船に乗る者たちに向かって立ち、刀に手をかけていたからだ。

唐木をよく見れば、先ほどから動いていない。その横にいる男が、荷船に向かって何か言っている。

「船を寄せろ」

虎丸が言うと、漕ぎ手が舳先を向けた。

そのうちに、千石船から黒い物が投げ下ろされ、荷船の藩士たちは慌てて海へ飛び込んだ。荷船でぱっと光が弾《はじ》け、爆裂音が遅れて届いた。

「焙烙玉だ！」

虎丸が叫ぶのと、伊藤が乗る別の荷船が爆発するのが同時だった。

逃げ遅れた藩士が飛ばされ、海にしぶきが上がる。

警固についていた軍船が舳先を転じて、千石船に向かった。

軍船に乗る藩士たちが、千石船に乗り移らんとしている。果敢に近づき、横付けしようとしたその時、千石船から焙烙玉が投げられた。

軍船は横付けする前に爆破され、海に飛ばされた藩士たちの悲鳴が水面に伝わる。

千石船では歓声があがり、唐木が船縁《ふなべり》に押しやられ、殴り落とされた。

虎丸は歯がみをした。

「やられた。船は早々と乗っ取られていたのだ」

「若殿、船が動きます」

指差す五郎兵衛に、虎丸は分かっていると言い、海に落ちた者たちを心配した。

すると、千石船に近づいてゆく船が目に入った。

乗っている者たちは、人足風の着物を脱ぎ捨て、武器を構えた。

昨日の打ち合わせどおり、唐木の配下たちも人足に化け、離れた場所に控えていたのだと知った虎丸は、頬被りを取り、着物を剝いだ。

舳先に立つ虎丸が着る青地の着物は、丸の中に広げた扇の、葉月家の家紋が染め抜かれている。

捕り物装束を見た家来たちがそれに倣って人足の着物を剝ぎ捨て、刀を帯びた。

虎丸が命じる。

「者ども、雑賀の孫一を逃がすな。船を追え!」

漕ぎ手が一斉に艪をつかみ、

「行くぞ!」

気合をかけて腕を動かす。

ぐっと船が前に進み、ぐんぐん船足を早める。

配下の船に助け上げられた唐木は、大声で指示を出している。

荷船に紛れて潜んでいた六艘の早船が白浜屋の千石船に迫り、行く手を塞ぎにかかった。

賊が操る千石船は風を受けて船足を速めていたが、舳先を転じて、手薄となっている虎丸のほうへ戻ってきた。そのあいだも、船からは焙烙玉が投げられ、追っ手の船は翻弄《ほんろう》されている。

虎丸が駆る早船は、唐木の船を追い越した。

千石船に迫ろうとしたその時、後方で爆発音がした。見ると、唐木の船が、別の早船に襲われていた。

捕り方の船に助け上げられていた伊藤が、早船を指して叫ぶ。

「葉月殿、奴が孫一だ！」

千石船を乗っ取っていたのは駒蔵だった。

孫一と卯ノ七は、停泊している別の千石船のあいだに隠れていたのだ。

伊藤が、捕り方の船の漕ぎ手を急かしている。

虎丸も舳先を転じさせ、唐木を助けに向かった。

「急げ！」

舳先に立って命じる虎丸の目に、銛で肩を貫かれて海に落ちる捕り方が見えた。

唐木は刀を抜き、迫る賊と戦っている。唐木は船に慣れているが、孫一が上手《うわて》。

船の揺れに足を取られた一瞬の隙を突かれた唐木は、蹴《け》り倒され、目の前に切っ先を突きつけられた。

孫一がほくそ笑む。

「水上で我に敵《かな》う者なし」

そう言って笑い、刀を振り上げた孫一に、卯ノ七が叫んだ。

「お頭！　新手です！」

振り向いた孫一は、猛然と迫る早船に驚き、舌打ちをした。

刀を引き、卯ノ七がいる船に飛んで戻ると、追ってくる早船の舳先に立っている若い侍を睨んだ。

虎丸が叫ぶ。

「お前が孫一か」

「いかにもそうだ」

「我らは川賊改役だ。逃げられると思うな」

近づく虎丸を、孫一が睨んだ。

「貴様、名は」

「葉月定光」

「ふん、思っていたより若僧だな。今なら見逃してやる。死にたくなければ帰れ！」

小馬鹿にされた虎丸は、怒気を浮かべた。

（悪げな顔をしとるのう）

と、思わず口から出そうになったのを飲み込み、手を振った。

合図に応じた舵《かじ》取りが舳先を転じ、寄せていく。

孫一はほくそ笑んだ。

「馬鹿め。卯ノ七、やれ」

応じた卯ノ七が、焙烙玉の導火線に火をつけて立ち上がった。

「ほうれ、食らえ！」

勝ち誇った笑みを浮かべて投げてきた。

五郎兵衛たちは悲鳴をあげたが、焙烙玉は村上水軍の御家芸だ。仕組みを熟知している虎丸は、まだ導火線が長い焙烙玉を受け止め、投げ返した。

今度は孫一の手下が悲鳴をあげ、慌てて拾い、海に投げ捨てたところで爆発した。

水しぶきがかかる中、虎丸は、ふたたび導火線に火をつけた賊が、投げ返されないよう待っているのを見て指示を出す。

「離れろ！」

舵取りは即座に舳先を転じて離れた。

賊は慌てて投げたが、焙烙玉は届かず、海に落ちて爆発した。

そのあいだに孫一の船は離れていき、唐木の配下が囲む千石船を見捨てて、逃げにかかった。

行く手を塞いだのは、伊藤が乗る船だ。

立て直した唐木の船も加わり、挟み撃ちにして一気に乗り込もうとしたが、伊藤の船は、またしても焙烙玉にやられた。

皆が海に逃げた後で爆発し、早船が吹き飛んだ。

伊藤の無事を確認した虎丸は、

「もう許さん」

そう言うと漕ぎ手に檄を飛ばした。

ぐんぐん船足を速める早船の舳先に立つ虎丸に、五郎兵衛が言う。

「若殿、飛んではいけませぬ。唐木殿が見ておりますぞ」

「分かっている」

その時、唐木の船が焙烙玉にやられた。

唐木が海に飛び込むのを見た虎丸は、前を逃げる孫一の船を睨んだ。

「もっと漕げ！」

今しかないと思い漕ぎ手を急かし、近づいたところで舳先に足をかけた。

「若殿！」

止める五郎兵衛に、

「唐木は見ておらぬ」

そう言うと、船の揺れに合わせて飛んだ。

「おりゃあ！」

高里をはじめ家来たちが目を見張る前で、恐るべき跳躍を見せた虎丸は、焙烙玉に火をつけようとしていた卯ノ七を蹴り、海に落とした。

意表を突かれた孫一の手下が、銛を向けて虎丸を突き刺そうとしたが、胸を蹴られて飛ばされ、背中から海に落ちた。

他の手下どもが孫一を守って前に出たが、大刀を抜いた虎丸の気迫に息を呑《の》み、一瞬怯《ひる》んだ。

孫一が叫ぶ。

「やれ！　殺せ！」

「わあ！」

がむしゃらに斬りかかった手下の一撃を、虎丸は大刀で受け止め、すり流す。

肩すかしを食らった手下が勢い余り、頭から海に落ちた。

虎丸はその者に目もくれず、孫一を睨んでいる。

怯む手下に苛立った孫一は、

「邪魔だ」

怒鳴り、海に蹴り落とした。

虎丸は腹が立った。

「お前、腐れ野郎じゃの」

「ふん、何よりの褒め言葉だ」

孫一は小太刀を抜き、逆手に構えたと思うやいなや、猛然と迫った。

下から迫る刃《やいば》に、虎丸は一刀流で応じて受け流したが、慣れない大刀の動きは鈍い。

孫一の肩を狙った峰打ちは見切られ、空振りした。

そして、孫一が一閃《いっせん》した刃が虎丸の腕を割いた。

「若殿！」

伝八が叫び、横付けした船から飛び乗って来ようとしたが、孫一の手下が銛を投げて阻む。

船はまた離れそうになったが、その前に五郎兵衛が乗り移ってきた。

「若殿！」

涙声で叫ぶ五郎兵衛に、虎丸は言う。

「かすり傷だ」

言ったものの痛みが走り、顔をしかめると、孫一が鼻で笑った。

「さっきまでの威勢はどうした」

見くだす孫一が、漕ぎ手どもに離れろと命じ、伝八たちが飛び移れない距離に離れてしまった。葉月家の漕ぎ手たちが懸命に漕ぐが、孫一の早船も劣らぬ速さで、なかなか近づけない。

水面に見え隠れしていた唐木からも離れていく。

舳先に立つ孫一と対峙《たいじ》する虎丸の背後を守った五郎兵衛は、刀を抜き、銛を持っている手下どもを睨んでいる。

「五郎兵衛、油断するな」

孫一から目を離すことなく心配する虎丸の後ろで、五郎兵衛が気合をかけた。

虎丸は一瞬振り向こうとするが、

「おりゃ！」

孫一がすかさず斬りかかり、小太刀を受け止めて肩をぶつけ合った。

ぎりぎりと刃を合わせて鍔迫《つばぜ》り合いとなり、互いに引かぬ。虎丸の背後から、おう、という五郎兵衛の大音声がした。

気になって仕方ない虎丸の耳に、五郎兵衛と手下の刀がぶつかり合う音が響く。

「五郎兵衛！　踏ん張れ！」

虎丸が気を取られた隙に孫一が離れ、斬りかかる。

受け止めた虎丸は、背後の絶叫に驚き、

「五郎兵衛！」

叫んでちらと振り向く。

絶叫は孫一の手下のものだった。額を押さえて倒れ、悶絶《もんぜつ》している。

五郎兵衛は大刀を肩に置き、目を見張る手下どもに迫る。

孫一が飛びすさった。

虎丸が前を向くと、再び背後で手下どもの呻《うめ》き声がした。

それまで余裕だった孫一の表情が一変したのを見た虎丸は、背後に顔を向けた。

すると、二人の手下が昏倒《こんとう》し、漕ぎ手たちは五郎兵衛を恐れて顔を引きつらせている。

五郎兵衛は峰に返した刀を下げ、

「若殿！　諸大夫様に鍛えられた我が剣技は、まだ錆《さ》び付いておりませなんだ。お役に立てて、ようございました！　うははは」

この状況で笑い、人が違ったように勇ましい。

斬りかかった手下の刀を、五郎兵衛は片手で弾き上げ、

「おう！」

気合一発、肩を峰打ちして倒した。普段の五郎兵衛からは想像もできぬ、力強い刀捌《さば》きだ。

伝八といい、五郎兵衛といい、葉月家の家来は強い。

そう思った虎丸は、負けん気が出た。

両手でにぎる大刀の切っ先を孫一の喉に向け、右足を出す。

対する孫一は、左手を腰に回して、二刀目の小太刀を抜いた。そして逆手に持ち、右手の小太刀を顔の前に立てて構え、猛然と迫った。

虎丸が突く刀を右手の小太刀ですり流し、左手の小太刀で斬りかかった。

本来二刀流を得意とする虎丸であるが、孫一の動きは速く、慣れぬ一刀流では危うい。迫る切っ先をかわすため飛びすさったが、着物の前がぱっくりと割れ、腹の薄皮を斬られた。孫一はさらに迫る。

「おりゃ！」

気合をかけて振るう右手の小太刀が胸に迫り、大刀で受け止める虎丸の虚を衝《つ》き、左手の小太刀が太ももを割いた。

たまらず下がると、手下を倒したばかりの五郎兵衛の背中にぶつかった。

伝八が声をあげ、早船が近づいているが、それまで孫一は待たぬ。

虎丸が刀を構えていると、

「若殿、今なら唐木は見ておりませぬ。さっさと孫一を打ちのめしてくだされ。これをお使いください！」

五郎兵衛が言い、帯に差していた己の小太刀を渡した。

受け取った虎丸は、嬉しくなった。

「おう。葉月家の秘剣を見せてやる」

誤魔化しを忘れず声にした虎丸は、大刀を落として五郎兵衛の小太刀を抜き、続いて、腰に帯びている己の小太刀も抜いた。

孫一がほくそ笑む。

「猿真似か」

「二刀流なら負けぬ」

「ふん、強がるな」

孫一は冷笑したが、それは一瞬だ。二刀を構えて迫る。

「むん！」

逆手ににぎる小太刀で斬り上げる一撃を、虎丸は鼻先でかわした。孫一は攻撃の手をゆるめず、小太刀を返して斬りかかる。

虎丸は右から迫る刃を右手の小太刀で受け止め、足を狙う切っ先を左手の小太刀ですり流した。

互いに引かず、小太刀を激しく振るってぶつけ合う。

孫一は頬を浅く斬られ、怒気を浮かべて歯をむき出した。

「死ね！」

そう叫んで迫り、小太刀を振るった。

虎丸は船縁を蹴って飛び、一閃された刃を足の下にかわして見せるやいなや、孫一の背後を取った。

振り向きざまに斬ろうとした孫一だったが、一瞬早く、虎丸の両小太刀が背中を打つ。

太鼓を打つように二刀で背中を打つ双斬《そうざん》を食らった孫一は、激痛に反り返り、呻き声もあげず仰向《あおむ》けに倒れた。

虎丸が船上で戦う様を初めて目の当たりにした五郎兵衛は、言葉を失っている。

長い息を吐いた虎丸に、五郎兵衛は我に返った面持ちで言う。

「お見事」

虎丸は笑った。

「五郎兵衛もな。戻ったら相手をしてくれ」

「若殿の本気には、到底敵いませぬ」

観念している手下どもを前に、五郎兵衛はそう言って笑った。

「若殿、お見事」

「お見事にございます！」

葉月家の早船から、家来たちの声があがった。

見れば、葉月定光と信じる家来たちが、活躍を喜んでいる。

虎丸は、ちくりと胸が痛んだ。

「若殿、唐木殿が溺《おぼ》れそうですから、助けてやりましょう」

虎丸は五郎兵衛にうなずき、伝八に、唐木たちを助けるよう大声で伝えた。白浜屋の千石船が気になり見れば、すでに止められており、唐木の配下たちとは違う船も横付けしていた。侍と思《おぼ》しき人影が見える。

「あれは、どこの手の者か」

訊く虎丸に、顔を向けた五郎兵衛が首をかしげる。

やがて、その中の一艘が離れ、こちらに向かって来た。

気を失っている孫一を縛っているあいだに船は近づき、横に並んできた。

「葉月定光殿はおられますか」

呼ばれて虎丸が立ち上がると、三十代の侍が頭を下げた。

「拙者、宇垣《うがき》と申します。あるじ家宣の命を受け、甲府浜屋敷より助太刀にまいりました。何か手伝うことがあれば遠慮なく申してください」

これには五郎兵衛が驚いた。

「西ノ丸様の命ですと！」

宇垣は笑みを浮かべた。

「いかにも。殿は見ておられます」

虎丸は、甲府浜屋敷を遠く望んだ。森があるのみで姿は見えないが、助太刀を嬉しく思い、向かって頭を下げた。

その姿を遠眼鏡で見ていた家宣は、横に控えている側近の間部詮房《まなべあきふさ》に、

「葉月定光は、水を得た魚《うお》のようであったな」

と言い、爽《さわ》やかな笑みを浮かべた。

七

雑賀の孫一を倒した定光に、徳川吉宗から感謝の印として宝刀備前守《びぜんのかみ》が送られたのは、数日後のことだった。

さらに、徳川家宣が、

「まことに、あっぱれな戦いぶりであった」

と、褒めたことが、江戸城内のみならず、市中にまで広がった。

評判を耳にした筑前守は、奥御殿でお圀と二人きりになると、

「わしは、間違えておったかもしれぬ」

肩を落としぎみに、葉月定光の活躍を教えた。

お圀は嬉しそうな顔をして問う。

「では、月姫のことも考えなおされますか」

「うぅむ。しかし、今さらな……」

「何をお躊躇《ためら》いになります。西ノ丸様と紀州様に褒められたのですから、もはや葉月家は、安泰ではございませぬか」

「それはそうだが」

「お前様、今ならまだ、間に合います」

背中を押された筑前守は、その気になった。

「分かった。考え直すといたそう」

「ではさっそく、月姫に教えてやります。喜ぶ顔が目に浮かびます」

「いや、それは待て」

お園は不服そうだ。

「どうしていけないのですか」

「まだ正式ではないからだ。急であるから会えるかどうか分からぬが、これより御大老格を訪ね、離縁を取り消すこととする。月には、わしが戻ってから伝えよう」

「分かりました。では、お急ぎくださいませ。月姫が喜ぶ顔を、早う見とうございます」

「わしもそなたと同じ気持ちじゃ。では、行ってまいる」

安泰、安泰、とつぶやき、急《せ》く気持ちを抑えて出かけた筑前守は、城ではなく、柳沢の屋敷を訪ねた。

登城している柳沢は留守だったが、夕暮れも近いので帰宅は早いと思った筑前守は待たせてもらい、小姓が客間に蠟燭《ろうそく》を持って来た頃合いに、拝謁が叶《かな》った。

上座に現れた柳沢は、渋い顔で正座し、

「待たせてすまなかった。噂を聞いて、そろそろ来るであろうと思うていたところだ」

と、浮かぬ様子で言う。

筑前守は恐縮し、平身低頭した。

「お叱りを覚悟で申し上げます。葉月家と離縁の願いを、取り下げとう存じまする」

柳沢は、返事をしない。

筑前守がうかがう面持ちで頭を上げると、柳沢は、渋い顔を庭に向けていた。

返答を待っていると、程なく柳沢は、深いため息をつき、筑前守に顔を向けた。

「雑賀の孫一を捕らえたことは、わしも喜んでおった。葉月定光め、やりおる、とな。離縁の取り下げを喜びたいところだが、月姫を葉月家に戻すのは、今しばらく待ったほうがよい」

「何ゆえでございます」

「葉月定光には明日、小姓組を命じることと決まり、城から戻ってきたのだが、門前で待っておった五色四郎めが、妙なことを言いおったのだ」

筑前守は、胸騒ぎがした。

「妙なこととは、何ですか」

「定光の身代わりを疑う五色は、家来を芸州に遣わして調べさせておったらしい。そして今日届いた密書によると、瀬戸内の海を守っていた一人の若者が江戸に来ておるそうじゃが、その者が芸州を発つ前に、江戸から侍が来ていたと申す者がおるらしい」

「五色殿は、その若者が身代わりだと、疑《うたご》うているのですか」

「疑うどころか、間違いないと信じておる。家来を芸州に遣わしたのは、定光を探るために動いていた者が聞いた国言葉が、芸州のものであると分かったからだ」

「しかし、若者が江戸に来たのは偶然ということもございます」

「わしもそう思い申したが、気になる名を言いおった。西ノ丸様がおっしゃった定光の戦いぶりと、五色が申した名前が、どうも重なってしまう」

筑前守は、身を乗り出さずにはいられない。

「御大老格、何をおっしゃりたいのですか」

柳沢は、鋭い目を向けた。

「わしがどうしても会いたい芸州虎丸こそが、五色が知らせてきた若者、村上虎丸に違いあるまい。そしてわしは、定光が芸州虎丸と疑うておる」

筑前守は、愕然とした。

「ま、まさか……」

「信じとうなかろうが、月姫を想うなら、ここは焦らぬことじゃ」

「………」

柳沢は、口を開けたまま動けぬようになっている筑前守を見据えた。

「重ねて申す。焦るな。このことは、近いうちにはっきりさせる」

本書は書き下ろしです。

消《き》えた姫《ひめ》君《ぎみ》

身《み》代《が》わり若殿《わかどの》 葉《は》月《づき》定《さだ》光《みつ》6

佐《さ》々《さ》木《き》裕《ゆう》一《いち》

令和2年 9月25日 初版発行

発行者●青柳昌行

発行●株式会社KADOKAWA
〒102-8177 東京都千代田区富士見2-13-3
電話 0570-002-301(ナビダイヤル)

角川文庫 22342

印刷所●株式会社暁印刷
製本所●本間製本株式会社

表紙画●和田三造

●お問い合わせ
https://www.kadokawa.co.jp/（「お問い合わせ」へお進みください）
※内容によっては、お答えできない場合があります。
※サポートは日本国内のみとさせていただきます。
※Japanese text only

ISBN 978-4-04-109281-1 C0193

角川文庫発刊に際して

角川源義

第二次世界大戦の敗北は、軍事力の敗北であった以上に、私たちの若い文化力の敗退であった。私たちの文化が戦争に対して如何に無力であり、単なるあだ花に過ぎなかったかを、私たちは身を以て体験し痛感した。西洋近代文化の摂取にとって、明治以後八十年の歳月は決して短かすぎたとは言えない。にもかかわらず、近代文化の伝統を確立し、自由な批判と柔軟な良識に富む文化層として自らを形成することに私たちは失敗して来た。そしてこれは、各層への文化の普及滲透を任務とする出版人の責任でもあった。

一九四五年以来、私たちは再び振出しに戻り、第一歩から踏み出すことを余儀なくされた。これは大きな不幸ではあるが、反面、これまでの混沌・未熟・歪曲の中にあった我が国の文化に秩序と確たる基礎を齎らすためには絶好の機会でもある。角川書店は、このような祖国の文化的危機にあたり、微力をも顧みず再建の礎石たるべき抱負と決意とをもって出発したが、ここに創立以来の念願を果すべく角川文庫を発刊する。これまで刊行されたあらゆる全集叢書文庫類の長所と短所とを検討し、古今東西の不朽の典籍を、良心的編集のもとに、廉価に、そして書架にふさわしい美本として、多くのひとびとに提供しようとする。しかし私たちは徒らに百科全書的な知識のジレッタントを作ることを目的とせず、あくまで祖国の文化に秩序と再建への道を示し、この文庫を角川書店の栄ある事業として、今後永久に継続発展せしめ、学芸と教養との殿堂として大成せんことを期したい。多くの読書子の愛情ある忠言と支持とによって、この希望と抱負とを完遂せしめられんことを願う。

一九四九年五月三日

角川文庫ベストセラー

もののけ侍伝々6
平太郎の命
佐々木裕一

謎の赤い霧が、日本各地で発生する。そこでは日本征服を目論む真之悪太郎が放った鬼や魔物が暴れていた。京嵐寺平太郎らは人々を救うべく奔走するが、激闘の末、平太郎にこれまでで最大の危機が訪れる……。

高家表裏譚1
跡継
上田秀人

幕府と朝廷の礼法を司る「高家」に生まれた吉良三郎義央（後の上野介）は、13歳になり、吉良家の跡継ぎとして将軍にお目通りを願い出た。三郎は無事跡継ぎとして認められたが、大名たちに不穏な動きが――。

新・入り婿侍商い帖
千野隆司

10月。切米の季節で、蔵前は行きかう人でにぎわっている。しかし、羽黒屋の切米が何者かによって奪われてしまった！　五月女家の家督を継いだ善太郎は、羽前屋のお稲の妊娠を知る。2人が選んだ結末は……。

新・入り婿侍商い帖
嫉妬の代償
千野隆司

善太郎の実家にさらなる災難が！　切米騒動に隠された裏側とは……また、身重のお稲と善太郎、若い2人の選んだ道は……お互いが思いやる心が描かれる、感動の新シリーズ第2弾！

新・入り婿侍商い帖
二つの祝言
千野隆司

善太郎との間に生まれたお珠を久実に見せるため、五月女家に向かっていたお稲は、何者かに襲われる。さらに、大黒屋に、大口の仕事が舞い込んでくる。善太郎はお家存続のため、事件解決に向けて奔走する！

角川文庫ベストセラー

はなの味ごよみ

高田在子

鎌倉で畑の手伝いをして暮らす「はな」。器量よしで働きものの彼女の元に、良太と名乗る男が転がり込んできた。なんでも旅で追い剝ぎにあったらしい。だが良太はある日、忽然と姿を消してしまう——。

はなの味ごよみ 願かけ鍋

高田在子

鎌倉から失踪した夫を捜して江戸へやってきたはなは、一膳飯屋の「喜楽屋」で働くことになった。ある日、乾物屋の卯太郎が、店先に幽霊が出るという噂で困っているという相談を持ちかけてきたが——。

はなの味ごよみ にぎり雛

高田在子

桃の節句の前日、はなの働く一膳飯屋「喜楽屋」に、降りしきる雨のなかやってきた左吉とおゆう。何か思い詰めたような2人は、「卵ふわふわ」を涙ながらに食べた後、礼を言いながら帰ったはずだったが……。

はなの味ごよみ 夢見酒

高田在子

一膳飯屋「喜楽屋」で働くはなのところに、力士の雷衛門が飛び込んできた。相撲部屋で飼っていた猫の「もも」がいなくなったという。「もも」は皆に愛されており、なんとかしてほしいというのだが……。

はなの味ごよみ 七夕そうめん

高田在子

はなの働く一膳飯屋「喜楽屋」に女将・おせいの恩人である根岸のご隠居が訪ねてきた。ご隠居は、友人の隠居宅を改築してくれた大工衆の丸仙を招待し、喜楽屋で労いたいというのだが……感動を呼ぶ時代小説。